REJEIÇÃO

Romance

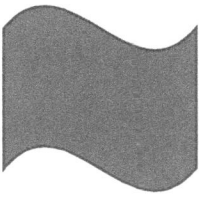

REJEIÇÃO

Abdenal Carvalho

Sumário

Capítulo 1 - Infância

— Rosilda, vem cá depressa, me leve ali para o pátio que desejo ver o pôr do sol, não sabe que faço isso todas as tardes, mulher, porque sempre tenho que ficar implorando para que faça seu trabalho? Afinal, não é para isso que pagamos esse seu enorme salário!

— Sim, patroa, já estou indo, não se irrite, olhe o coração!

— E não me venha com essa ironia toda, sua assanhada, deixe de ficar tagarelando e conduza-me logo nessa droga de cadeira até o pátio!

— Tudo bem, tudo bem! Oh mulherzinha estressada essa!

— Mas vejam só como os empregados modernos tratam seus patrões nos dias de hoje, parece até que somos duas coleguinhas. Tenha mais respeito comigo sua fulaninha de merda!

— A senhora me desculpe, Dona Mercedes, mas eu não sou igual a seus outros serviçais, fui contratada pelo Dr. Gilberto para prestar meus serviços como enfermeira e, portanto, sou livre para me expressar como achar conveniente. E deixe de exagero, não estou lhe desrespeitando!

— Ah, está bem, deixemos isso para lá, agora me faça o favor de me deixar sozinha aqui no meu canto com meus pensamentos...

Sim, de certo que virá... É lindo o pôr do sol, desde criança eu adoro vê-lo se esconder e nos desejando uma boa noite, mergulhando nas nuvens afogueadas, dando adeus ao dia que passou e saudando a noite que se aproxima.

Antes, ele mergulhava nas turvas águas do rio que lambia as areias daquele vilarejo miserável onde cresci. Com seu desaguar contínuo, porém sujo que nem peixe bom se criava nele para pescar, o que seria ótimo para matar a fome daquela gente amaldiçoada que viviam naquelas terras.

Acredito que nada é mais relaxante para uma mente cansada do que admirar a natureza. E eu, nesta altura do campeonato, aprendi a dar valor a estas pequenas coisas, se bem que o termo pequeno é pejorativo, afinal, nada poderia ser mais interessante que apreciar aquilo que existe ao nosso redor, o que nos cerca. Quem me vê sentada nesta cadeira, observando o dormir do sol, sequer pode imaginar o caminho espinhoso que tive de percorrer para chegar até aqui. Fui uma criança amaldiçoada desde o dia que nasci numa região maldita.

Uma terra condenada pela seca, onde quase nada que se plantava nascia e do pouco que crescia não se colhia o bastante para matar a fome. Meu nascimento ocorreu no verão, num calor dos diabos, se bem quem que no sertão nunca há inverno. Lá, sentir algumas gotas de água caindo sobre nossos corpos ressequidos era um sonho permanente e algo distante da realidade de uma gente que durante toda sua existência nunca experimentou um só momento de paz e descanso.

Caçula numa família de quatro filhos, onde nossos pais nem sabiam escrever o próprio nome, sempre soube perfeitamente o que significava acordar todos os dias sem ter o que comer ou beber. As vezes saíamos na tapa para ver quem colocava mais feijão ou arroz no prato, a única coisa que aparecia para ferver nas panelas feitas de ferro grosseiro e geralmente pretas pela fumaça expelida da madeira colhida das arvores secas espalhadas pela mata.

Carne? Só uma vez por outra, quando alguém se dispunha a sair pelo cerrado à procura de bichos para matar, tipo veados, pacas ou cotias. A fome era tanta que a gente comia de tudo, nem lagartos escapavam, os camaleões que o digam, duvido se essa gente da cidade grande seria capaz de encarar tamanha miséria, comendo essa bicharada toda. Porém, para os que nada possuem e precisam fazer de tudo para sobreviver numa terra esquecida por Deus tudo é válido, até comer cobras venenosas ou filé de sapos.

Certa vez meu tio Germano apareceu lá em casa com várias rãs num saco, afirmando que a carne delas era semelhante a um peito de frango, depois de temperada. Eu quase vomitei ao ver aqueles bichos imundos, duvidei se teria coragem de colocar um só pedaço daquilo na minha boca.

Mas depois que estava devidamente preparada e cozida, o cheiro era bom de se sentir, e ao provar gostei tanto que repetir o prato três vezes. Na manhã seguinte vi a pele das rãs estiradas no matagal ao lado da casa e quase coloquei as tripas para fora, senti nojo por muitos dias.

Se falasse disso a alguém agora certamente me chamaria de louca, afinal, quem em sã consciência comeria aqueles bichos imundos e ainda acharia a comida deliciosa ao ponto de repetir por mais duas vezes? Todos que tiveram a maldita sorte de nascer naquele fim de mundo, onde o Diabo armou sua tenda, comeriam e lamberiam os beiços. Hoje sou uma mulher de vida abastarda, possuo tudo aquilo que alguém possa desejar.

Moro numa mansão cuja extensão é tão ampla que existem locais na minha própria casa que nunca visitei. Posso comer e beber de tudo o que quiser, não tenho falta de nada, mas naquela ocasião as coisas eram bem diferentes e para não morrer de barriga vazia era necessário fazer de tudo um pouco. Morávamos numa casa feita com barro batido e pedras. Eram presas entre duas varas de madeiras, colhidas das folhas dos cocais de babaçu, e em seguida recheadas com argila.

O piso não existia de fato, era apenas barro socado e nossos pés viviam pretos da sujeira que nele acumulava, o telhado era feito de caibros feitos dos galhos grossos das arvores e coberto com as enormes folhas da palmeira dos babaçus, visivelmente decorados por telhas de aranhas que existiam aos montões por ali. Sim, a situação naquele barraco era mesmo estarrecedora. Mamãe e papai pareciam já estar acostumados com toda aquela sujeira, bem como todos os demais adultos que conhecíamos.

Já eu, mesmo ainda criança, me enojava daquele lugar escroto. Não parecia ter completado dez anos de idade, era raquítica e não possuía o perfil de uma adolescente, mais parecia uma fedelha. Apesar da tamanha pobreza que nos cercava minha mãe passava a maior parte de seu tempo sentada diante de uma máquina de costura, fazendo roupas para as mulheres da vizinhança, na maioria um bando de velhas corocas e metidas que nunca admitiam estarem velhas demais para competir com as mais moças na busca de uma beleza que a muito haviam perdido.

Elas usavam seus vestidos feitos de panos coloridos e com desenhos de grandes flores, pintavam seus beiços de batom vermelho e riam de tudo, mostrando os dentes tortos e apodrecidos no intuito de conquistar os rapazes que rondavam as ruelas da pequena vila onde morávamos.

Quem ganhava com isso eram as costureiras como minha mãe e as vendedoras de cosméticos que pegavam os produtos falsificados nas bancas da cidade e empurravam nas tolas do interior. Dominadas pelo hábito da falsa beleza. Eu, como dezenas de outras meninas da minha idade e com um cérebro bem pouco desenvolvido, só pensava em brincar nas noites de luar, quando tudo parecia perfeito e até mesmo a miséria era esquecida. Constantemente suja e usando a mesma roupa por incontáveis dias, fedia pra danar, passava dias com o mesmo vestidinho encardido e a calcinha fedorenta que era colocado no meu corpo magrelo. Geralmente vestia no domingo à noite, quando nossos pais nos levavam para assistir à missa e passava a semana inteira.

Era rotina ficar sem tomar um banho sequer, pois ali água era escassa e precisávamos economizar, apesar de ter um rio que passava próximo do vilarejo. Por ser muito fundo éramos proibidos de ir lá mergulhar, pois podíamos nos afogar, como costumava dizer minha avó Tereza, que Deus a tenha no céu, se é que por lá aceitam nordestinos, uma raça que parece ser o sobejo dos diabos. Ela morreu aos noventa e quatro anos de idade, quase um século de existência. Coitada, haja sofrimento.

Uma velha resistente, batalhadora, do tipo que passou grande parte de sua vida desgraçada debaixo dos cocais. Sua trajetória nesse mundo foi quebrando cocos babaçus num machado para vender e fazer dinheiro, com isso sustentava o montão de filhos que gerou ao lado do pobretão de meu avô. É interessante tudo isso, pessoas que vivem nos grandes centros urbanos e em regiões cujos climas são frios e o meio de vida mais promissor, vivem menos de que quem mora no cerrado ou no sertão de sol escaldante, morrendo de fome.

Parece que o ditado popular que diz ser o pobre um vaso feito de barro ruim e que dificilmente quebra, é uma pura verdade. Afinal, não é assim tão fácil que essa gente morre, mesmo sofrendo. A família Barbosa era enorme, composta de pelo menos umas cem pessoas, só de tios e primos lembro-me de ser uma legião. Durante os festejos de São João, no transcorrer das festas juninas, nós nos reuníamos para dançar quadrilhas, comer cuscuz, bolos de fubá e contar histórias mentirosas pela madrugada.

As moças e rapazes brincavam de "cair no poço", uma brincadeira onde quem errasse a resposta da pergunta que se fazia tinha que dar um beijo em alguém escolhido a dedo pelos outros participantes. A rapaziada se dava bem, e erravam de propósito só para poder beijar a mulherada, mas que safados. Nós, as meninas e os garotos menores não podíamos participar, ficávamos apenas olhando de longe.

E os mais assanhados lambiam os beiços com vontade de experimentar o sabor de um beijo. Martim, meu primo, certa noite decidiu me pedir em namoro, eu não tinha ideia do que era aquilo e disse sim. O sapeca me agarrou no escuro e lascou uma lambida na minha boca, ai que coisa mais nojenta, achei horrível! E ainda por cima me agarrou com uma força descomunal, o diabo tinha a minha mesma idade, mas era forte como um touro, pois foi criado trabalhando no cabo da enxada, na roça, ao lado de meu tio Pedro, um verdadeiro carrasco.

Ele era do tipo que tratava os filhos na base do chicote, não dava folga para os nove machos que fez. Talvez por isso era o mais estruturado financeiramente na família. Meu pai e os demais tios eram mais flexíveis no trato com os seus e por causa disso nada tinham. Com ele eu aprendi que sem muito esforço nada se conquista na vida, talvez essa visão das coisas foi o que me fez vencer os obstáculos e contratempos que encontrei pelo caminho e chegar até aqui, onde me encontro hoje, quando posso finalmente descansar.

Ver meu tão sofrido passado apenas como uma lembrança, que mesmo amarga gosto de recordar. Sem dúvida alguma posso afirmar com a mais absoluta certeza que somente os mais fortes serão capazes de alcançar a plena realização de seus sonhos, no final de suas jornadas nesta vida poderão pegar o pote cheio de ouro refinado numa das pontas do arco-íris. Para os fracos, ficam reservadas a derrota e o fracasso que são a recompensa deixada pelo destino aos perdedores.

Martim era um garoto musculoso e bem tarado. Me tomou em seus braços como um verdadeiro cavalo brabo, amassando-me por inteira, fazendo com que eu me sentisse desejada mesmo que apenas por um segundo, apesar de ter detestado o beijo de língua que ele me deu. O que na verdade para mim não passou de uma lambida nojenta naquele instante, em seguida me perturbou a mente. Depois que me levou para o escuro e me lambeu a boca voltou à brincadeira com os outros garotos.

Foi como se nada tivesse acontecido. O cínico continuou a se divertir até o dia amanhecer sem que voltasse a falar comigo, como se nada tivesse feito. Já eu, a bobona, mesmo não passando de uma criança fiquei tonta por muitos dias sem conseguir esquecer o amasso. Tudo aconteceu detrás de um dos pés de jatobás que existiam por ali. Acho que no fundo acabei me apaixonando pelo primo depois daquele episódio, todas as vezes que nos víamos eu pregava os olhos nele e depois voltava para casa como se estivesse anestesiada. Mas uma fedelha de dez anos pode se apaixonar? Sei lá, acho que sim.

Passei a pensar nele diariamente, sonhava com aquela noite em que fui beijada, podia até sentir a força de seu abraço, o aperto forte de suas mãos no meu corpo magricelo, e o esfregar nojento de sua língua sobre minha boca de menina durante aquela lambida horrível. Devo admitir que na hora detestei aquilo, mas no fundo marcou minha infância. Já ele, como fazem todos os homens, sequer voltou a me olhar de maneira especial ou procurou tocar no assunto, aquilo na realidade foi só um impulso do macho que havia dentro dele, nada além disso.

Era triste ver meu pai, um homem já avançado em idade, levantar todas as manhãs ao cantar do galo, ainda com escuro e ir pro roçado garantir o pão de cada dia na companhia de meus irmãos e outros boias frias. Ainda era muito jovem para compreender totalmente o mundo do qual fui designada pelo destino a pertencer, mas já era possível entender que era uma verdadeira droga tudo aquilo. Vivíamos numa região castigada pela seca e pela fome com a miséria que se alastrava por aquelas terras renegadas por Deus.

Ali, nos cafundós do judas, nem o diabo andava. No final de cada tarde podia ver meu velho retornar cansado do roçado, com sua velha enxada no ombro e um facão pendurado na cintura, igualmente a ele avistava meus manos, todos de pele queimada pelo escaldante sol do sertão que não perdoa os habitantes que insistem em permanecer nas suas terras. Mesmo em completo descaso, tanto pelas autoridades que não buscam uma solução para a escassez de água na região, como pelo que existe de mais sagrado no céu, claramente pouco se importando com aquele povo sofrido.

De mãos encaliçadas e calcanhares rachados, porém teimosos ao ponto de jamais desistir de um dia mudar sua sorte e ver cair naquela parte do mundo pelo menos umas gotas de chuva para molhar tão grande sequidão, eles insistem em ficar. Não existem nesse país pessoas mais otimistas que os nordestinos, principalmente os sertanejos, nunca desistem de acreditar num milagre repentino que poça de uma hora para outra mudar completamente suas vidas.

É por isso que é possível encontra-los presentes em todas as regiões brasileiras e até no exterior. Essa semente de lutadores, nunca param de caminhar em busca de seus sonhos, seja onde e como for estão sempre tentando ocupar seu merecido lugar entre os que são vistos como vencedores. Eu mesma posso servir de exemplo nesta afirmativa, pois alcancei o pico mais alto que uma mulher de origem medíocre, cujas raízes vieram das partes mais baixas e desprezíveis desta nação, poderia sonhar em conquistar.

Hoje, aos sessenta e oito anos de idade posso parar e olhar para trás, como faço agora, dizer que com fé e determinação todos nós podemos ir mais longe. Qualquer ser humano, homens e mulheres, independentemente de suas origens, podem chegar bem alto em suas existências. Vim do nada, era nada, não passava de uma fagulha sem esperança que nasceu numa terra seca, improdutiva, sem oportunidades e que pela maldade do destino tive que viver momentos de intenso sofrimento, humilhações e dores que marcaram terrivelmente o mais íntimo do meu ser.

Criando feridas até hoje abertas no peito e na alma, com imagens frequentes do terror vivido na minha mente...Porém, nada disso me impediu de seguir em frente e conquistar meu merecido lugar neste mundo, onde fui plantada e fincada como uma planta frágil que se enraíza na terra e dela tira seu sustento, depois cresce e dá seu fruto em grandes quantidades. Alimentando todos quanto dela quiser tirar seu sustento, dando-lhes sombra com suas folhagens.

No presente onde me encontro, posso olhar para trás e ver no que me transformei. Fiz um império feito de dinheiro e poder, uma família enorme, composta por sete filhos e noras, quatorze netos, e bisnetos que não se pode contar. Tudo fruto de uma vida dedicada a perseguir a realização de meus sonhos, superando obstáculos, passando por cima do orgulho ferido e aceitando em silencio as pisaduras do opressor, mesmo que elas fizessem sangrar meu espírito

Quem diria que aquela menina suja, tão assanhada de pés no chão iria crescer, chorar lágrimas de crocodilo e depois superar tudo com coragem e otimismo, se tornando quem sou. Isso é uma prova irrefutável de que, quando nascemos com a sina de ser alguém importante nada pode nos impedir. Desde o momento que comecei a entender as coisas e perceber a situação caótica em que me encontrava ao lado de meus familiares, vivendo naquele fim de mundo entre os cocais de babaçu.

Comendo arroz branco com feijão da colônia que colhíamos na roça depois de meses semeando. Concluí que precisava urgentemente encontrar um meio para mudar de vida. Mas como, se não existiam oportunidades e não passava de uma fedelha? Foi aí que tempos depois o destino decidiu intervir e as portas se abriram, mesmo que de forma horrível e cheia de sofrimentos, mas isso é outra história.

Enquanto o universo conspirava a meu favor, tentando encontrar uma maneira aplausível que me permitisse sair da situação de pobreza em que estive desde que nasci, continuei na vidinha medíocre de sempre. Durante o dia a rotina era a mesma, acordava bem cedo para ajudar minha mãe a ir na cacimba pegar água limpa, antes que os animais fossem lá beber, para encher os potes de barro espalhados pela casa.

Já ouvia falar das tais geladeiras que as pessoas da cidade tinham nas suas cozinhas. Diziam que fazia a água ficar bem gelada. Aliás, esfriava tudo, até comida. Me perguntava para que esfriar as coisas de comer, eu nunca suportei feijão e arroz frio, tinha que está fervendo no prato.

Bem, não compreendia tais coisas, mania de gente metida a besta. Depois de ajudar minha mãe com os serviços da casa eu finalmente estava liberada para brincar com as muitas coleguinhas existentes na pequena vila, a me soltava e só retornava no final da tarde, quando meu pai e os manos estavam de volta do roçado. Adorava os finais de semana, quando todos estavam em casa, as vezes papai nos levava para um riacho distante cinco quilômetros de onde morávamos para tomar banho e pescar.

Eu sempre me saí bem na pesca, usava um anzol preso a linha de uma vara improvisada feita por Jerônimo, meu irmão um ano mais velho que eu. No fim do dia trazia um cambo repleto de peixes e mamãe cozinhava tudo com bastante verduras, a famosa caldeirada, que servia a todos e ficávamos de barrigas cheias. Logo em seguida dava um sono de lascar e corríamos para deitar nas redes feitas de pano grosso e espinhentos na carne, de tanta sujeira ficava áspero. A lavagem de roupas se dava de mês a mês para economizarmos a tão preciosa água.

Pois, além de ficar longe o lugar de onde se trazia em baldes e latas sobre os ombros, nem sempre os homens da casa estavam disponíveis para a tarefa. Desde bem cedo aprendi a fazer todas as funções domésticas, afinal, era a única mulher da família, depois de mamãe. Mas gostava de ficar com ela na cozinha, ajudando, a gente se dava bem.

Conversávamos e éramos como duas boas amigas. No interior é assim, as meninas contribuem no trabalho com a mãe e os meninos com o pai, no roçado. Eu também de vez em quando costumava ir por lá, adorava pegar no cabo da enxada e cavar o chão para plantar. Bacana era a época da colheita, todas as mulheres do vilarejo e as meninas eram levadas à roça para colher as sementes depois de maduras, arroz, feijão, milho...

E aproveitávamos para sair por entre a vegetação rasteira do cerrado à procura de frutos, tinha um tal de pajaú que era uma verdadeira delícia. Nasce de uma árvore com folhas alargadas e dá em cachos como uva, porém os grãos são secos e endurecidos por fora, é necessário quebrar para retirar a massa doce de dentro. Eu e as colegas ficávamos fartas de tanto comer o tal fruto, além de muitos outros que por lá encontramos, coisa que o povo da cidade grande nem imaginam que exista. É, na verdade, uma inversão de valores.

Enquanto no sertão nada se possui de moderno e tecnológico, nos grandes centros urbanos seus habitantes nada conhecem das pequenas coisas que podemos usufruir na natureza. Como o tal fruto que passei toda minha infância saboreando e nunca mais voltei a ver, desde que cresci e vim morar nessa selva de pedras. Outra coisa que naquela época não víamos com frequência eram tantas mortes como se vê agora, Deus do céu, mas como a violência tem se alastrado nesse país sem lei., acho que na atualidade não há mais lugar algum onde possamos encontrar paz. Até nos locais mais distantes a morte faz suas vítimas, mesmo no sertão e no cerrado há quem tire a vida do inocente por dinheiro e ambição.

Dá até medo voltar a andar por lá. Tenho várias propriedades espalhadas pelos municípios de alguns Estados desse país, principalmente os nordestinos, vão de sítios a fazendas que no passado visitava com frequência ao lado de meu falecido esposo, hoje por não ter mais forças físicas nem disposição deixei tudo entregue aos cuidados dos filhos e dos genros, eles que se virem para administrar, já fiz minha parte. Devo admitir que não tenho do que reclamar, meus bens só se multiplicam dia após dia sob a administração deles.

Sou mesmo uma bem-aventurada, acho que passei a ser vista e lembrada pelos santos lá do alto depois de tantas pancadas levadas a esmos do maldito destino que mais parecia um carrasco. Desde o momento em que fui separada de meus familiares e levada como escrava à casa de minha tia nunca mais tive paz na vida.

Ah, nem gosto de relembrar o tanto que sofri e fui martirizada durante tanto tempo, cheguei a pensar que jamais sairia daquele inferno e quase desisti de continuar existindo. Mas vou deixar para pensar nisso outra hora, hoje quero lembrar apenas de minha infância. Dos bons momentos que vivi ao lado de meus pais e irmãos, apesar da pobreza que nos cercava e da quase que total ausência de água, coisa típica do sertão, onde um dia de chuva ou um olho de água encontrado na mata significa um tesouro de valor incomparável. É certo que ali o povo sofre, é esquecido pelas autoridades que pouco lembram de investir recursos naquela região.

Até parece que não se encontra registrada no mapa brasileiro. Os políticos só visitam quem moram nas terras áridas do sertão durante o período de campanhas, quando andam em busca de votos. Aí sim, os moradores são visitados e convencidos a acreditar nas falsas promessas de melhorias. Aliás, isso acontece em todas as partes desta nação contaminada pela corrupção, os mais pobres são ludibriados pelos poderosos e acabam por ajuda-los a chegar ao poder, depois passam a ser as principais vítimas das leis infames que eles mesmos criam.

Tudo em defesa de seus próprios interesses, em prejuízo dos mais carentes. Ainda posso lembrar dos muitos comícios ocorridos lá na vila e dos candidatos que subiam nos grandes palanques para discursar suas mensagens de engano a um povo analfabeto e tolo, que facilmente eram convencidos a votar neles na esperança de tempos melhores, essa de ver o eleitor sendo enganado pelos candidatos é coisa antiga.

Na pracinha matriz existia uma capela, onde nos reuníamos aos domingos pela manhã para assistir à missa. Ocasião em que o padre falava suas lorotas e abençoava os fiéis com água benta. A meninada demorava pouco dentro do templo, preferiam ficar correndo pela praça, brincando de pira-esconde, sem se preocupar com o amanhã. Essa é a parte mais interessante de ser criança, a mente é livre das preocupações características de gente grande. Hoje posso ver essa inocência estampada nos rostinhos delicados do batalhão de netos que possuo, sequer fazem ideia do caos em que vive esse mundo. E é bom que permaneçam assim por bastante tempo.

Ao lado da velha casa coberta com palhas de coqueiros, onde nasci, cresci e passei todos os primeiros anos de vida, existia um pé de pequi, uma árvore gigante com troncos enormes, onde a criançada costumava brincar todas as tardes. Afinal, ali ninguém ia a escola, pois colégios não tinha na comunidade e tão pouco professores para ensinar ler e escrever. Todos ali eram analfabetos de pai e mãe e pouco se dava valor aos estudos o que certamente me fez muita falta anos depois. Quando me encontrei perdida na vida sem eira e nem beira necessitada de um meio para sobreviver.

Não é de agora que a falta de conhecimentos nos faz pessoas sem valor. Despreparadas para caminhar firme com as próprias pernas, sem depender exclusivamente de terceiros e se posicionar no mundo como alguém independente e donos de nosso próprio lugar no universo. É terrível andar como um cego que não é capaz de enxergar um palmo além do nariz, pois é assim que podemos comparar quem não sabe escrever sequer o próprio nome.

Houve uma época em que me vi dessa maneira, completamente incapaz de encontrar um caminho que me levasse a um futuro promissor, pelo fato de ser uma mulher analfabeta, sem estudo algum, foi aí que lamentei por não ter ido sentar no banco da escola. Compreendi, com bastante atraso, o quanto isso teria sido fundamental para mim, pois somente assim se tornaria fácil minha trajetória rumo ao desconhecido, onde tive que saber conviver com o inesperado. Claro que somente décadas depois me dei conta disso, quando olhei para os lados e já não vi mais a presença dos pais e da família onde costumava ancorar minhas esperanças, minha infância tinha ficado no passado e a inocência jogada no ralo de uma realidade nua e crua.

Não foi fácil despertar de repente e perceber que me encontrava sozinha, sem ninguém por perto para estender as mãos e prestar ajuda quando necessário. Acontece que nos tempos de menina ainda era completamente alheia a estas questões e só pensava em brincar. Pouco sabia nem me importava com o que poderia a vir ter que encarar no amanhã. Criança é assim, tanto faz o pobre da favela ou o esfomeado do sertão, bem como a ricaça das altas classes sociais, vivem presas a seu mundo de fantasias sem pensar no futuro, só pensam nas suas variadas formas de diversões.

Mas, de que valeria ser criança se não fosse assim, ficando livres das terríveis preocupações que tanto martirizam os adultos? Para isso Deus dividiu a vida humana em três fases distintas: Infância, adolescência e a maturidade. E, pelo menos durante o tempo em que trilhei pelo caminho da inocência fui feliz, apesar dos muitos espinheiros em redor nada me impedia de curtir a pureza daqueles tempos que não voltam nunca mais.

Dona Chica, uma negra das mãos cinzentas que morava num barraco distante, umas duas horas da vila, era uma mulher assustadora de se ver. Alta, magra e de olhos avermelhados, aparecia só de vez em quando no meio dos moradores e eu morria de medo ao vê-la, porém, ao mesmo tempo me alegrava porque sempre trazia um caldeirão cheio de mingau e distribuía para todos nós.

Eu ficava amarela de tanto comer, era um dos momentos mais especiais para toda a garotada. Alguns dos meninos mais peraltas um dia se reuniram e foram bisbilhotar no velho barraco da bruxa, a negra feiosa que tanto me assustava, e me convidaram para ir junto. Sabe como é, apesar de assustada era cheia de curiosidades e aceitei o convite, mas não era boba nem nada e fiquei no fim da fila, recuada para não ser vista nem dá de cara com a feiticeira.

Sim, era dessa maneira que no mais profundo de meu ser pensava, para mim ela fazia bruxarias, pois se não era isso por qual razão alguém iria escolher morar sozinha nas brenhas do mato? Ou era uma criminosa ou fazia mandingas pro orelhudo, pelo menos ouvia os mais idosos comentar a esse respeito.

Naquela tarde de domingo tive a péssima ideia de concordar em ir junto com a meninada incomodar a velha e fiquei terrivelmente aterrorizada ao perceber que a intenção deles era apedrejar o casebre da coitada, achei uma tremenda falta de sensibilidade. Minha pouca idade não me impediu de refletir com um pouco de justiça, afinal qualquer pessoa sensata entenderia que mesmo sendo uma bruxa ela tinha o direito a viver em paz no seu canto, com seus feitiços.

Além disso, a pobre coitada não incomodava a ninguém, sem falar no delicioso mingau que nos dava de vez em quando. Carambolas, e se ela colocava um pouco de bruxaria naquela guloseima? Sabe que nunca parei para pensar nisso? Quando não passamos de uns pirralhos cheios de danação só pensamos em matar a fome e estufar a barriga até rachar.

Bom, naquela ocasião, logo que vi as outras crianças apedrejando o casebre da negra velha eu fiquei com muita pena dela, principalmente ao ouvi-la gritando socorro e ameaças contra eles, a coitada foi pega de surpresa, pois vivia no seu cantinho sossegada por muito tempo, sem que ninguém fosse lá incomodá-la. Estava assustada e enraivecida, queria expulsar os invasores dali, mas não lhe era possível, visto que erma muitos e apareciam de todas as partes, atirando pedras. Me reservei a ficar só de longe, observando.

Hora por outra xingava os danados e pedia que parassem com tamanha barbaridade, porém, sem sucesso. Tudo durou apenas uns minutos, mais o resultado foi desastroso para a vítima da insanidade dos monstrinhos, pois a coitada ficou desesperada com o ataque surpresa. A garotada aprontou e depois fugiram deleitando-se pela afronta feita e me deixaram para trás, completamente desapercebida do fato de que eles já haviam partido e estava sozinha no local. Me distrai e fiquei perdida no mato, agora voltar para casa seria complicado pelo fato de pouco conhecer o lugar e o caminho percorrido.

Comecei a chamar o nome deles na esperança de que estivessem por perto e pudessem me ouvir, mas era em vão, então comecei a ficar cada vez mais assustada, aumentando gradativamente o som dos meus muitos gritos, sem nenhum resultado. A estrada de chão era um ramal de apenas dois metros de largura pouco usado pelos carroceiros que as vezes carregavam cargas de madeiras para fazer carvão nas suas carvoarias. Imaginem uma menina de apenas dez anos perdida no meio da mata sem ter noção de onde estava e de como retornar para casa?

Era desesperador e passei a chorar bastante, pois começava a escurecer e nada de encontrar uma só viva alma que me ajudasse. Foi então que, de repente, senti um forte aperto no meu fino braço e ao olhar quem me segurava amarelei de medo ao ver aquela mão gigante e cinzenta que me apertava com uma força descomunal e me puxava para si. Era ela, a negra velha que me encontrou sem rumo no meio do matagal e decidiu prestar socorro. Porém, ao invés de agradecer o gesto carinhoso da idosa eu me lasquei de pavor e comecei foi a gritar por socorro, até ela se assustou com tamanho escândalo.

Acho que a coitada nunca tinha visto uma pirralha pequena e seca com uma boca tão grande, capaz de fazer tanto barulho com seus gritos. Esgoelei-me até não poder mais. Ela só contemplava meu desespero sem nada fazer para silenciar meu pranto. Somente depois que o susto foi passando me acalmei e a velha resolveu me levar para seu barraco. Segui os passos dela, sendo puxada pelo braço, não tinha outra escolha a não ser obedecer a sua decisão, pois a mesma mantinha meu finíssimo pulso preso à sua enorme mão e me puxava pelo caminho.

Depois de um longo caminhar chegamos ao casebre, tudo por ali era estranho e assustador, logo que adentrei o local meus olhos curiosos e perplexos avistaram o busto de um animal agarrado na parede feita de barro e pedras. Na minha imaginação de pirralha tudo era horripilante.

Ao lado, mais ou menos uma dezena de retratos de gente que nunca antes vi. Mandou que eu sentasse, apontando para um banco de madeiras, o que fiz de pronto e sem discutir. Era duro para danar e doía a bunda por não ter estufa, além disso eu era desvalida de carne nas nádegas, uma moleca magricela por viver comendo feijão com arroz branco no diabo daquele sertão, coberto de uma vasta vegetação de espinheiros que dava até medo contemplar.

Ela nada dizia, ficava o tempo inteiro andando de um lado para o outro, ajeitando uma coisa aqui e outra acolá, mastigando bucha de fumo caseiro, cuspindo de vez em quando nos cantos das paredes, era de dar nojo o hábito nojento da negra de cabelos embranquecidos e que me acolheu. Depois de me acomodar foi até o fogão de lenha e retirou de uma panela enorme um punhado de mingau, colocou num prato de louça e mandou que eu bebesse, usando uma colher de metal tão limpa que brilhava mesmo com a fraca luz de um lampião a gás.

Em seguida, deitei numa rede armada num canto qualquer. A pouca claridade foi desfeita, dando lugar a uma total escuridão. Lá fora era possível ouvir a festa dos grilos e o apavorante cantar da coruja, bem como o rugir da onça que as vezes parecia estar bem perto, rondando em redor do barraco. O medo era notório, enquanto a mulher roncava na cama de pau ao lado eu não conseguia pregar os olhos, eles permaneciam arregalados.

O sono não chegava e a insônia me fazia comtemplar o medo, impedindo-me de adormecer, forçando meus ouvidos a ouvir os passos do inexistente, criados pela ilusão que o pavor da noite causava. Tinha pressa que o sol despontasse e logo surgissem seus raios num novo amanhecer, entretanto as horas pareciam passar lentamente.

Era como se o ponteiro do relógio do tempo estivesse colado nas engrenagens e quase não se movesse. Fui forçada a contemplar o remexer das folhas secas espalhadas lá fora, durante o soprar dos ventos, e o dançar dos espinheiros durante o passar da brisa faceira nas madrugadas de um permanente verão escaldante e seco.

Finalmente acabou aquela noite e bem cedo a mulher levantou-se, fez um delicioso cuscuz que comemos juntas, acompanhado de café bem quente como eu gostava. Em seguida fui intimada a seguir com ela rumo ao vilarejo, voltei para casa e entregue aos meus pais que foram informados por Dona Chica, o que me rendeu uma dolorida surra com galhos de tamarindo, um negócio que dói pra cassete e só apanha dele quem apronta uma peraltice imperdoável.

Fiquei vários dias de quarentena depois da surra, a bunda ficou em desgraça, o carrasco na ocasião foi papai que tinha a mão pesada para descer o farrapo nas costas dos desobedientes. Meus irmãos mais velhos que o digam, dava até pena vê-los debaixo da ira dele. Naquela ocasião a vítima de suas pesadas pancadarias teria sido eu, apesar das intercessões de minha mãe de nada adiantou o pau comeu assim mesmo e a dor das lapadas foi tanta que cheguei a mijar na calcinha como sempre preta de sujeira.

Minha avó compareceu no dia seguinte em minha casa para repreender a ignorância do filho ao me espancar como se fosse um cabra macho, ela entendia que filha mulher deve ser castigada com menos rigor e que ele havia ultrapassado todos os limites. Acreditem, tive febre de pelo menos trinta graus e sentia meu frágil corpo estalar sob o frio misturado com calor. Gente, eu era só um fiasco de pessoa, magrinha de dá dó. O bom de tudo foi que passei a ser paparicada pela avó e as tias por algumas semanas.

Até Dona Chica foi me visitar e levou mingau para ajudar a recuperar a saúde, ela afirmava que se bebesse tudinho iria fortalecer a carne e os ossos, até ganharia umas gordurinhas. "Essa pequena tem peso de bode", dizia a mulher para minha mãe. Desde então foi incluída na nossa alimentação o mingau de milho verde, recomendação feita por vovó que queria ver seus netos mais cheinhos, e nós agradecíamos a negra velha de mãos cinzentas por isso, pois foi dela a insistência para que mamãe cuidasse melhor de nossa saúde.

Nos interiores nordestinos as famílias criavam seus filhos à base de mingaus de milho e cuscuz, tanto no café da manhã como no jantar, pois era um produto de fácil acesso, se plantava até ao redor de suas casas e faziam a colheita depois de poucos meses após a plantação.

Mas conosco era diferente, meu pai odiava qualquer comida feita à base de milho e por conta disso proibia o consumo em casa, o que mudou desde então. Em poucos meses minha aparência de caveira mudou de aspecto e mamãe percebeu, isso ajudou com que ela considerasse verdadeira as afirmações de Dona Chica sobre a gororoba de milho contribuir para o bem dos meninos. O terreno onde construímos nossa morada era amplo, cercado por varas cruzadas entre si pela ausência de arame farpado, geralmente usado pelos donos de terra mais abastados. Nele podíamos encontrar várias árvores frutíferas típicas do sertão, que se desenvolviam bem naquela região.

Um enorme cajueiro, pés de tamarindos cujos frutos eram azedos ao extremo e seus galhos serviam para os pais surrarem seus filhos de vez em quando, além de bacuri, pequi e outras do tipo. Eu gostava de sentar debaixo da jaqueira para admirar sua beleza e contar para ela alguns dos meus segredos de menina, inclusive sobre o beijo que levei de meu primo num momento de descuido. Não sei se aquilo foi ao certo um beijo, acho que levar uma lambida nos beiços de um moleque folgado não pode ser considerado algo do tipo, beijo é sinônimo de amor, paixão, romantismo. Mas uma língua lambuzando sua boca não tem nada a ver com tais conceitos.

De vez em quando também trocava uma palavra com a senhora Faveira, uma arvore que não dava frutos, mas suas flores eram lindas, coloridas e perfumavam tudo ao redor. Eram minhas melhores amigas, a elas e abria meu coração e revelava as mais cabeludas peraltices, deixava à vista minhas fantasias de menina, até mesmo meus sonhos mais secretos. Como o projeto de um dia crescer e ir morar na cidade grande, vencer na vida.

E me tornar uma rainha depois de ter casado com um príncipe encantado, em seguida voltar no vilarejo numa carruagem e deixar minhas amigas babando de inveja. Bem, certamente eu sairia dali rumo aos arranhas céus, me tornaria uma mulher de grande influência social e possuiria muito dinheiro após encontrar meu primeiro amor, que seria rico e poderoso o suficiente para me tirar os grilhões que por muito tempo estiveram presos ao meu pescoço e as correntes que prendiam meus pés e mãos, presenteando-me com a liberdade.

Tornou-me uma mulher livre, tanto do desalento das ruas, onde fui transformada numa escrava da prostituição e das drogas, como da situação miserável na qual estive refém por vários dias. Meu sonho de princesa certamente se materializou, andei na carruagem e a glória do poder me alcançou, porém a um custo muito alto que paguei sob muitos infortúnios e sofrimentos.

A menina de cabelos assanhados, fedida e de pé no chão, iria crescer e ser largada no mundo como um trapo que se usa e depois é lançado fora. Sem ninguém a quem recorrer, a quem desabafar sobre suas infelicidades ou que pudesse lhe oferecer um tipo qualquer de ajuda.

Mas isso ainda demoraria a acontecer e enquanto isso me era permitido curtir minhas ilusões de criança, fantasias que somente naquela idade se pode ter. As vezes ficava presa por tanto tempo ao papo com as fiéis amigas que não via as horas passar e só despertava quando ouvia o grito de mamãe, que preocupada andava a minha procura

— Menina dos diabos, quer levar outra surra de teu pai, é?

Dizia isso aos berros, temendo que acontecesse o pior caso papai chegasse do roçado e não me achasse em casa. Era do tipo caladão, grosso, nunca sentou em banco de escola nem recebeu qualquer educação, resolvia tudo aos trancos e barrancos. Entretanto, debaixo daquela couraça de jacaré existia um homem bondoso, de coração misericordioso na hora de estender as mãos para ajudar seus semelhantes.

Lembro como se fosse hoje o dia em que meu pai doou um pedaço de terra enorme, que antes usava para a plantação de mandioca com a qual fazíamos farinha, para a construção da capela. Ninguém mais se dispôs a colaborar com o pobre padre que foi enviado da capital para salvar nossas almas, porém não tinha onde recostar a cabeça.

Papai recebeu o vigário lá em casa por várias semanas até que a igreja ficasse pronta. E olhem que foram meus irmãos e nosso velho quem a construíram, ninguém ajudou. Eu mesma dei minha pequena contribuição, levando água na cabaça para matar a sede dos trabalhadores e porções de mingau pela manhã, arroz e feijão a tarde, para saciar a fome dos coitados.

Nós, sertanejos, somos pessoas batalhadoras e destemidas, mas não posso negar que entre essa gente de extrema força e dinamismo existam, também, certos preguiçosos que nos envergonham. Uma das características mais negativas do meu povo pode ser vista como a indisposição em dividir o que possui com o próximo, o nordestino é miserável e não sabe repartir seu pão com ninguém. Poucos, como papai, fazem isso. Nem todos são assim, meu pai era meu maior exemplo nisso. E, se a maioria deste povo sofrido é assim, há uma explicação para tanto. Afinal, quem que depois de nascer e viver a vida inteira sob a amargura da seca e a fome ainda teria disposição para dividir o pouco que tem com os outros?

E o pior de tudo é que mesmo após sair de tamanha pobreza e conquistando um espaço na alta sociedade, a maioria só muda por fora, interiormente continuam sendo os mesmos cascas duras de antes. Comigo só não aconteceu assim porque creio ter herdado um pouco do coração mole de papai, não consigo fechar as mãos para quem clama por ajuda. Passei a maior parte de minha sofrida existência compartilhando minhas conquistas com meus semelhantes. Certa ocasião fui visitar Dona Chica, a velha que distribuía mingau de milho verde na vila e morava embrenhada na mata.

Mesmo não entendendo direito a razão de ser impulsionada a isso fui até lá e passei o dia inteirinho tagarelando com a coitada que, pelo visto, se atormentava com tanto blá, blá, blá. Desde menina sou uma pessoa de língua solta, falo exageradamente e acabo deixando quem estiver por perto de orelhas roxas por tanto me ouvir tagarelar. Mesmo tímida em excesso e alheia a muito papo ela aprendeu a dar atenção para aquela menina magrela e de língua ferina que passou a ir na tapera, nas brenhas, bem longe de tudo, todos os dias. No início era recebida sem muita cortesia, mas no decorrer do tempo comecei a me sentir como se fosse sua filha.

Ou melhor dizendo, passei a vê-la como uma segunda avó, mesmo que não tivesse a pele cinzenta como ela. Passamos a conversar, a negra velha aprendeu a abrir mais a boca e finalmente nos comunicávamos melhor, nos tornamos duas amigas, confidentes, contávamos uma a outra, nossos segredos, se é que que uma criança tem algo para esconder de alguém. Os adultos costumam ver essas pequeninas criaturas como seres sem cérebro, incapazes de sentir emoções e guardarem em seus corações sentimentos que precisam ser compreendidos.

Mas é um terrível engano acreditar que elas são insensíveis ao ponto de não terem uma visão acentuada daquilo que enfrentamos em nossa realidade, mesmo não sabendo expressar claramente a forma como conseguem compreender o que vivemos e sentimos, elas sabem e entendem o quanto é difícil a maturidade que, como nós, muito em breve terão que encarar.

E isso ficou claro para Dona Chica durante minhas visitas em seu recanto longe de tudo. Ela passou a falar mais e de sua boca ouvir diversas histórias. Me contou tudo sobre seu passado, revelou suas tristezas e amarguras, todas as decepções pelas quais passou durante a juventude... Talvez me falasse seus desalentos por pensar que, sendo uma criança, no fundo nada entenderia e serviria apenas como uma simples ouvinte, que não faria perguntas e nada diria daquilo que escutava a mais ninguém. Mas ela, como a maior parte dos adultos, se enganou. Eu guardei no coração e na minha mente de menina todas as suas histórias e com elas aprendi que nem sempre a vida é justa com as pessoas.

Isso me ajudou a superar as futuras decepções no amo que decerto surgiriam durante a longa caminhada que ainda faria rumo a maturidade e em todas as outras áreas de minha existência, sem que aquela mulher fizesse a menor ideia me ajudou a amadurecer imensamente. Antes ela se sentia bem na companhia dos bichos e da solidão, sem a importunação de outras pessoas, mas depois de nossas conversas e de poder contar diariamente com minha presença mudou sua forma de pensar.

Passou a sentir a necessidade de se misturar e isso foi predominante para que eu a convidasse para ir mais vezes no vilarejo, interagir com os outros moradores, então as coisas se inverteram e dessa vez fui eu quem segurou firmemente na sua mão gigante e cinzenta, puxando-a pela vereda de chão, o ramal das carroças, em direção ao lugar onde morávamos para ensiná-la a conviver novamente meio as outras pessoas, como certamente já teria feito antes de se tornar aquele bicho do mato. Desde então Vó Chica e eu passamos a ficar juntas, batendo longos papos.

Tanto no barraco da mata quanto em minha casa na vila, todos os demais moradores ficavam admirados pela enorme transformação ocorrida na vida daquela mulher que até pouco tempo escolheu viver isolada na floresta como uma louca. O mais interessante foi perceber a enorme amizade que passou a existir entre ela e meus pais, que ficavam horas sentados na sala, jogando conversa fora em plena madrugada. Pela primeira vez pudemos ouvi-la contar suas estripulias feitas nos tempos de menina, se parecia um pouco comigo.

Foi uma garotinha peralta e aprontou diversas traquinagens. Aos poucos deixou de ir na tapera onde morava, abandonou tudo, levando seus cacarecos lá para nossa casa, tornou-se parte de nossa família. Quem remoía de ciúmes era minha avó por parte de mãe, ao ver a ligação que passou a existir entre nós duas e porque passei a lhe dar maior atenção. Parei com as peraltices de guria e, quando não estava ajudando minha mãe nos afazeres domésticos. Ficava a maior parte do tempo livre ouvindo as histórias da nossa hóspede, achava interessante tudo o que dela escutava.

Era um período em que Deus decidiu olhar com mais misericórdia para o sertão e começou a chover, a felicidade no olhar de cada sertanejo era fácil de se perceber à distância. Nossos rostos queimados pelo intenso sol de um longo e duradouro verão deixava à mostra o tipo medonho de sofrimento que enfrentávamos por ali. Bebíamos água de uma cacimba rasa que para não engolir sobejo dos animais tínhamos que recolher o liquido bem antes do amanhecer, ainda pela madrugada. Tomávamos banho duas vezes por semana para economizar, pois só tínhamos dois tambores grandes de plástico para acumular uma pouca quantidade tirada do rio Parnaíba, localizado a mais de dois quilômetros dali.

De onde os homens do vilarejo traziam em baldes e latas presas por varas apoiadas nos seus fortes ombros. Nunca fui lá, crianças eram proibidas de ir ao rio. Olhava pela janela e admirava o cair da chuva, estava forte e era possível ouvir o chocalhar dos pingos d'agua caindo sobre a palha seca que cobria nossa casa, infelizmente nunca conseguimos um telhado feito por telhas de cerâmica nem mesmo de barro cru, como a maioria dos vizinhos, porque na verdade éramos pobres demais para compra-las. Mas não importava, no meu olhar de criança tudo parecia fantástico, encantador e mágico, para chover no sertão demorava uma eternidade.

E não podia perder a oportunidade de assistir aquele espetáculo quase que único na minha vida. Os mais velhos corriam para o roçado plantar sementes na esperança de que a lavoura florescesse. Enquanto isso acriançada corria para o terreiro brincar no lamaceiro, mas daquela vez fui barrada por mamãe que não deixou nenhum dos filhos sob a chuva, alegando que seria gripe na certa. Ela odiava nos ver todos catarrentos, espirrando e depois tremendo de febre. Todo ano em que tínhamos inverno na região era assim.

E a trabalheira de nos curar sobrava para a coitada que não conseguia dormir à noite, cuidando de tanta gente doente. — Dessa vez não! — Gritou ela, quando já estávamos nos assanhando para cair no lamaceiro. Tinha toda razão de não nos permitir tamanha façanha, afinal eu e mais dois outros éramos doentes, bastava gripar e vinha junto as crises asmáticas. O mais chato era que além de passar a noite em claro.

Não dormia, batendo cabeça com os moleques que se danaram na chuva e contraíam doenças, ainda por cima tinha de ficar ouvindo as reclamações chatas do marido, lhe culpando de tudo. Eu via como minha mãe sofria ao exercer aquele papel de esposa submissa e do peso da responsabilidade que lhe era imposta sobre os ombros, tinha que responder por todas as coisas erradas que nós fazíamos, parecia ter um letreiro na testa escrito "culpada", obrigando-lhe a explicar os motivos que a impediram de evitar nossas traquinagens. Não sei se diante disso acabei aprendendo errado, mas compreendi que ser mãe e esposa era um martírio.

E por muito tempo reneguei carregar esse fardo, até que finalmente amadureci e conheci quem me fez mudar meus conceitos, entendendo que se há amor verdadeiro o que parece ser um fardo se torna algo bastante leve de se levar sobre os ombros, aliás, até pode nos causar intenso prazer e satisfação. Portanto, naquele ano nada mais nos restava, a mim e o restante de meus irmãos, do que apenas admirar o cair da chuva através da janela feita de tábuas brutas sem nenhuma arte ou decoração, características típicas de casebres como o nosso.

Ficava olhando firmemente em direção ao quintal e via a goiabeira, o cajueiro e tantas outras plantas que se embalavam no soprar dos ventos. Elas banhavam-se debaixo do gotejar da chuva e pareciam felizes por ter a oportunidade de brincar no forte inverno que por milagre caia sobre uma terra geralmente amaldiçoada pela seca nordestina. Me espichava um pouco mais, debruçando meus ossos sobre a base da janela e podia ver a jaqueira lá no fundo.

Rebolando seus galhos e balançando como podia seus frutos no embalar da ventania que assobiava enquanto corria por entre as arvores. A faveira, com seu caule grosso e colorido, pintado de vermelho e branco, reluzente entre as demais, permanecia firme, parada sobre suas raízes, como se apenas curtisse o momento. De vez em quando o forte trovão acompanhava um veloz relâmpago, me fazendo tremer na base e recuar da janela.

Porém, o susto era passageiro e logo metia o focinho de volta para apreciar o cair do temporal. No sertão é assim, oito ou oitenta. Quando o diabo resolve meter o rabo entre o céu e a terra não cai uma gota de água para molhar e esfriar. Ai já sabe, são meses de seca braba! No entanto, depois que a intervenção divina decide se compadecer dos miseráveis sertanejos, ordena que se abram as comportas das nuvens e permite cair em grande quantidade as chuvas por toda a extensão dos lugares castigados pela sequidão.

Alguns pássaros também pareciam se divertir plainando entre as gotas de água que caiam lá do alto sem cessar, voavam de um lado para o outro. Em certos momentos passavam raspando o beiral da casa e retornavam para o meio do terreno, em um vai e vem impressionante, aproveitando para tomar banho e esfriar suas penugens. Enganam-se os que acreditam ser os passarinhos inimigos do tempo frio, eles adoram, mesmo aqueles que vivem nos lugares áridos e adaptados com o calor. Sem dúvida os maiores, como o gavião e a coruja deveriam estar entocados em algum local para fugir da chuva, dizem os mais experientes que evitam banhar suas penas, pois depois custa secar e voar.

O vento soprava forte naquela tarde e o som de seu assobio era claramente sentido ao passar rasteiro pelos fios de meus longos cabelos, eram como o cantar de uma poesia, como notas suaves e delicadas que me faziam adormecer. Amava seu passar gelado pelo meu corpo, aliviando-me daquela quentura terrível dos dias quentes que passaram antes de sua chegada. O dia chegava ao fim e a escuridão lentamente se aproximava, não havia iluminação pelas ruas e dentro de casa usava-se lamparinas para iluminar o ambiente. Como eram à base de querosene seus pavios fumegantes soltavam uma fumaça preta que se espalhava pelo lugar.

Grudava nas paredes um sujo preto difícil de limpar. Já existia a luz elétrica no mundo inteiro, mas naquele confim do judas nem se ouvia falar, vivíamos no escuro das noites iluminados por chamas de fogo como se estivéssemos no inferno. Mas para mim, pelo menos durante os tempos de menina, tudo era aceito na maior tranquilidade, pois, como diz um adágio popular: "Quem nunca provou não sabe o gosto que tem". Nasci e estava crescendo sem sequer ter visto uma lâmpada acesa na minha frente, então não poderia saber a diferença entre ela e uma lamparina.

Escureceu e papai trancou todos os buracos da casa, ordenando que fossemos dormir. Adorava deitar na minha rede e ficar debaixo do cobertor feito de pano grosso. Me desligava de todas as coisas e ficava escutando o tilintar das gotas de chuva caindo sobre o telhado de palha seca.

Achava aquilo algo fantástico, um simples gesto da natureza que talvez as pessoas da cidade grande não tivessem tempo de perceber e dar valor, mas para mim, uma menina pobre do sertão escasso de chuvas, era impressionante. O quarto onde dormíamos era enorme, apesar da pobreza no sertão não se constrói casinhas, tudo é grande espaçoso, mesmo que sem muito conforto. As redes presas em armadores de ferro ou presas em cordas de embiras faziam filas uma do lado da outra. Meus irmãos dormiam cansados do labutar da roça.

Jeronimo, o menor deles, era o que roncava mais e me impedia de cair no sono, então aproveitava para sonhar um pouco acordada. Enquanto lá fora chovia sem parar desde cedo, no quarto e enrolada no lençol de pano grosso eu pensava num futuro onde as coisas pudessem ser diferentes para mim e minha família.

Nunca fui egoísta e sempre que criava na mente imagens de uma vida próspera e cheia de conforto incluía nelas todos os meus familiares. Sabia o gosto de cada um deles: Jeronimo, o roncador, queria ter um quarto só seu com uma cama bem grande e fofinha para roncar deitado sem parar. Manoel era muito trabalhador, mas um comilão sem medidas, iria matar sua fome com tantas guloseimas que ele nem iria aguentar. Marciano, o mais velho, era extremamente materialista, sovina e mão de vaca. Para ele o que importava era ter muito dinheiro e possuir muitos bens.

Quando fosse uma milionária faria dele um homem poderoso. Mamãe não esperava grandes coisas da vida. Costumava dizer já ter tudo o que precisava para ser feliz: Um marido, seus filhos e um canto para morar. Era do tipo conformada com quase nada, característica típica das mulheres sertanejas, educadas pelos pais a crescer, casar e servir de capacho para os homens.

Mas eu não, jamais entraria nessa! De qualquer forma pretendia dar a ela e meu pai uma velhice digna, com bastante conforto e uma reca de empregados para proporcionar aos dois um final tranquilo e farto, onde pudessem comer e beber do bom e do melhor.

Talvez eu fosse uma menina estranha, diferente das demais que moravam nas proximidades, enquanto a maioria só pensava em brincar de bonecas eu sonhava alto com uma vida longe dali, em me tornar uma mulher rica livre da miséria na qual havia nascido. Não fazia a menor ideia de como isso iria acontecer, nem quando seria possível realizar tal sonho, mas sentia no íntimo que teria um futuro melhor que o presente em que estava até então.

Aquela era uma manhã de inverno e bem diferente das demais, porque mesmo durante aquela estação do ano no sertão não costuma chover e o que cerca os habitantes da região é poeira e muita sequidão. Porém, para nossa felicidade parecia que Deus teve finalmente compaixão de nossa terrível situação e liberou um pouco de sua água para umedecer o chão rachado pela intensa seca e molhar as plantas.

Elas que por um verdadeiro milagre conseguiam sobreviver a tal situação. O clima, que geralmente era tão quente e ardia na pele, amanheceu frio e gostoso de sentir. Até o ar que respirávamos estava mais suave em nossas narinas e de vez em quando se ouvia alguém expirar, sinal de gripe a caminho e mamãe ficava logo apavorada, não queria ter que passar noites e mais noites cuidando de moleques catarrentos.

Vó Chica, que saiu da mata e passou a morar conosco a pedido de meus pais, recomendou que nos fosse dado o tal chá da raiz do fedegoso, uma planta que nascia no mato e que dava umas vargens compridas e finas, para combater a gripe, o que foi aceito e providenciado com urgência. Depois de preparado o remédio caseiro fomos forçados a beber debaixo de gritos e ameaças, por que o diabo era amargo de matar. Faria qualquer bicho brabo e feroz sair correndo mundo à fora.

Quanta maldade, fiquei enraivecida com a negra velha por semanas, mas as intenções dela eram das melhores, só queria ajudar a evitar o pior. Nos via como netos, sua nova família. Depois de refletir melhor eu a perdoei e voltamos a ficar bem. O remédio era mesmo eficiente, apesar de dá umas fugidinhas e me meter debaixo da chuva escondido de papai, não fiquei gripada. Os manos se davam bem lá no roçado, porque tomavam banho na chuva enquanto trabalhavam e ainda gozavam daquele friozinho delicioso que fazia durante o dia inteiro. O novo clima perdurou por três meses, foi a primeira vez que aquilo aconteceu, geralmente só durava trinta ou quarenta dias.

Como o chá do fedegoso funcionou direitinho e não ficamos resfriados, mamãe não nos impediu mais de brincarmos na chuva, isso nos fez perder o medo de beber aquilo só para poder cair no lamaçal. Chovia dia e noite, as vezes fraco, as vezes forte. Em alguns pontos da estreita rua onde morávamos existiam uns buracos escavados pelos moradores, afim de tirar argila, que transbordaram. E durante nossas peraltices pulávamos dentro deles, brincando de mergulho, também nadávamos em outros pontos semelhantes, onde nasciam até peixes.

Neles, a gente pegava um saco de estopa e, segurando cada um de seu lado, passávamos dentro do buraco e retirávamos os cascudos ou traíras que os meninos tratavam para assar num fogo improvisado, feito com cascas de coco babaçu. Disso a gente tinha muito estocado dentro de casa. Na verdade, todos os moradores faziam isso como forma de fazer fogo nos fogareiros a carvão, quando esse faltava devido estações como aquela, com muitas chuvas. Não posso negar que apesar da vida miserável tenha tido bons momentos durante minha infância e soube aproveitar ao máximo.

Com Vó Chica eu e mamãe aprendemos como extrair o óleo da semente da mamona. Servia para passar no cabelo e deixar mais macio na hora de pentear, pegando o grão e amassando num espremedor se obtinha o leite, que era usado para combater vermes. Aí danou-se, porque todos os dias bem cedo a gente tinha que beber aquela gororoba enjoada e não adiantava soluçar, a velha nos obrigava a ingerir a porcaria na marra, com o galho de tamarindo na mão, se não quisesse beber entrava na cipoada.

Mas, no final valeu a pena o martírio pelo bom resultado que nos trouxe, afinal de contas estávamos livres para prosseguir na bagunça, o passatempo predileto das outras meninas era o balanço pendurado num dos grossos galhos da ameixeira. Decidi experimentar e passaram a me balançar de forma exagerada, empurravam o balanço para lá e para cá e o diacho acabou se partindo, fui lançada para longe como um troço qualquer e cair por cima do braço que de tão fino se quebrou. Droga, devo concordar que as traquinagens praticadas nos nossos tempos de criança só geram problemas.

E são nossos pais quem pagam o preço com tantas dores de cabeça. Fui levada numa carroça para um posto de saúde distante dez quilômetros que nada tinha de remédios para passar a dor, o enfermeiro com nome de médico entalou meu braço de qualquer jeito, depois de engessar me mandou de volta para casa. Somente assim me aquietei e deixei de causar preocupações para meus pais, foram uns três meses de braço enfaixado e sem sair para canto algum, o inverno se foi e com ele a tempestade de ventos frios.

A chuva e as gotas de água que causavam o gostoso achocalhar sobre o telhado pararam. De volta estava o tão rigoroso verão de intenso calor, poeira e seca. A rotina se repetia, muito trabalho no roçado debaixo de um sol escaldante que chegava a rachar o chão e pouca colheita. Meu pai saiu à porta, olhou para o morro localizado bem a sua frente, coçou a careca por debaixo do chapéu de palha e respirou bem forte.

Diante dele estava mais um longo desafio. Daquele momento em diante as coisas começaram a mudar, dias depois um homem apareceu lá em casa todo vestido como um doutor com um documento que nos mandava arrumar os cacarecos e desocupar as terras. Segundo ele o governo havia confiscado aquelas propriedades e todos deveriam desocupá-las de imediato, a não ser que pagássemos o valor dos impostos que durante décadas os antigos donos deixaram de repassar aos cofres públicos.

Bom, para entender isso é preciso saber que no sertão daqueles tempos a coisa funcionava assim: Os grandes proprietários de terras mandavam na região e nada pagavam ao Estado. Em contrapartida, o governo fingia não se importar por temer represálias por parte dos poderosos, mas, quando morriam eles e as futuras gerações dos tais coronéis abandonavam os antigos engenhos de cana de açúcar ou cafezais por terem ido morar na cidade grande, deixando suas terras em completo abandono, o Estado voltava a reclamar seu direito de posse.

Acontecia que, na maioria dos casos, muitas famílias já estavam instaladas nas antigas propriedades, então eram expulsas dali sem aviso prévio e saiam com as malas na cabeça sem rumo nem direção, a esses foi dado o nome de retirantes. E nós, depois de anos vivendo em paz ali estávamos prestes a nos tornar, também, andarilhos. Ao chegar do roçado e ser informado das novidades papai quase perdeu o juízo, não sabia o que fazer diante de tamanha calamidade, o que faria para nos dar novamente casa e comida?

O que seria de todos nós dali em diante? Não encontrava respostas. Recordo como se fosse hoje o momento em que meu pai permaneceu por várias horas sentado numa cadeira de balanço, no estreito pátio, pensando na vida à procura de respostas que pudesse lhe fazer ver uma saída para o dilema que surgiu repentinamente. De um lado era ele em suas reflexões e do outro o som da máquina de costura. Era a maneira encontrada por mamãe para lidar com o nervosismo, rompia o silencio gastando as energias, batendo o pé no pedal da máquina de costura antiga, a única herança recebida de vovó Adelaide.

Por falar nisso, para completar Vó Chica fica doente de repente e nos deixa no momento mais difícil de nossas vidas miseráveis. No sertão não tem dessa de funerária e caixão, pega o defunto depois do velório que dura uma noite inteira, os velhos tomando café preto e grosso igual a borra de asfalto. Os papudinhos enchem a cara de pinga, a gurizada fica correndo pela rua, brincando de pira esconde, os jovens namoram e o violeiro toca uma música fúnebre. Era uma verdadeira diversão.

Ao amanhecer jogam o morto dentro de uma rede e dois homens fortes a levam presas numa vara, posicionada sobre os ombros, rumo ao cemitério clandestino no meio do mato. Aqui e ali alguém dava um gemido, fingindo um choro forçado e, assim, se fazia a despedida dos que partiam. De volta à realidade deparamos com outro grande problema, o despejo.

Venceu o prazo para darmos o fora da casa em que nasci e morei a vida inteira, foi chegada a hora de sairmos sabe-se lá para onde. Acontece que meus pais e os outros moradores decidiram resistir e permaneceram ali mesmo, esperando para ver no que ia dá, afinal de contas ninguém iria perder tudo o que construiu com tanto sacrifício. E não deu noutra coisa, os policiais chegaram na manhã seguinte armados até os dentes e colocaram todo mundo para fora de suas propriedades à base de ameaças.

Foram chutados, espancados, humilhados e teve macho brabo que reagiu e levou bala, meu pai foi um dos que puxou o facão e arrancou o braço de uma autoridade, teve como resultado a prisão. Saiu algemado e a pontapés, minha mãe se rasgava aos berros, implorava para que soltassem o marido dela e foi esbofeteada pelo policial de olhos esbugalhados e orelhas grandes, meus irmãos tentaram intervir e foram esbordoados, enquanto eu e outras crianças nos escondíamos à distância, debaixo de uma palhoça.

Os desgraçados não satisfeitos passaram a incendiar as casas e pela primeira vez eu pude ver como era lindo o fogo se espalhar pelo telhado de palhas secas, ao mesmo tempo que era triste se tornava um espetáculo diante de meu olhar repleto de espanto. Em pouco tempo tudo virou cinzas, só restou nós e nossas mães chorando em completo desespero. Perdemos nossas terras, nossos bens e estávamos no meio da rua sem eira nem beira, não esquecendo que todos os homens adultos da vila foram levados em cana ou perderam a vida na luta contra os invasores.

— Prontinho, patroa, seu tempo aqui fora acabou. Hora de retornar para dentro de casa, jantar e dormir

— Lá me vem você com essa tagarelice outra vez, Rosilda, não passou ainda todo o tempo que disse me dá para ficar aqui no pátio, vendo o pôr do sol!

— Já se passaram uma hora desde que lhe trouxe aqui pro pátio, sim, e o sol já se pôs faz décadas, Dona Mercedes, seja mais compreensiva!

— Mais compreensiva...Hum....Sei.

— Vamos, todos lhe aguardam à mesa...

— Tá bem. Inferno!

Capítulo 2 - Pedofilia

Logo após a destruição de nossas casas pelos invasores e a prisão de nossos pais, pelo menos os que ainda ficaram vivos depois do confronto com a polícia, minha mãe perdeu completamente a noção da realidade e não dizia coisa com coisa. Fomos levados por minha tia que residia noutra parte daquela região, numa área que não foi incluída nas ações violentas do governo contra famílias indefesas.

As outras mulheres e seus filhos ficaram abandonadas sobre os entulhos que sobrou depois do incêndio que consumiu o pouco do que possuíam, nós, por outro lado, acreditávamos ter alcançado mais sorte do que eles, mas estávamos enganados. Tia Izabel era do tipo ambiciosa e capaz de tudo para alcançar seus objetivos na vida, ir morar com ela foi um terrível erro que tivemos de pagar a altos custos.

Nossa mãe perdeu a lucidez e passou a viver vegetando, sem se dá conta do que acontecia ao seu redor. Assim, eu e meus três irmãos ficamos à mercê de nossa tia malvada que de imediato teve a ideia absurda de jogá-los no roçado das cinco da manhã às seis da tarde à base de pão e água, se não bastasse os coitados ainda tinham que dormir num barraco velho junto outros desamparados e um bando de animais imundos, tipo bodes e porcos.

Fiquei por longo tempo sem me comunicar com eles porque não conseguíamos nos encontrar naquele fim de mundo. A propriedade era imensa e ela não me permitia sair de dentro do casarão, o mais estranho de tudo é que a velha gananciosa não me tratava mal, pelo contrário, fazia todos os meus gostos e fui transformada num tipo de princesinha da titia. Até um quarto só para mim foi dado. Ali haviam vários empregados e duas gorduchas foram colocadas para cuidar de mim.

Elas me deram banho, limparam minhas unhas que antes eram pretas de sujo e pentearam meus cabelos longos e endurecidos de tanto sebo por pouco terem sido lavados. Ganhei um vestidinho branco, limpo e perfumado, sapatos e meias. Aquela frescura toda não era somente comigo, existiam outras meninas vivendo a mesma situação por lá, mas eram mantidas noutro pavilhão, separadas da casa grande onde minha tia vivia e me mantinha como uma visita especial. Qualquer outra moleca idiota ficaria feliz da vida ao ser demasiadamente paparicada, mas eu não, pois como Vó Chica costumava dizer: "Quem nunca comeu mel, quando come se lambuza". Nunca fui bajulada por meus pais nem qualquer outro parente e não tinha tal costume, estranhei.

Percebi logo que alguma coisa estava errada e fiquei previamente em alerta, pronta para qualquer novidade que porventura viesse a acontecer. Me tratou tão bem que comecei a engordar, em poucas semanas era uma moleca fofinha de pernas grossas e, imaginem só, criei até bunda. Em contrapartida, meus manos passavam fome e trabalhavam feito burros de cargas naqueles roçados dos infernos, não os enxergava, mas algumas mulheres que preparavam a comida dos boias frias me disseram que se alimentavam mal e penavam feito escravos no cabo da enxada.

As vezes até eram surrados pelos capatazes. Juro que fiquei revoltada ao saber dessas coisas e jurei que aquela velha dos diabos iria pagar pelo que estava fazendo com eles, não descansaria até poder cumprir minha vingança. Outra que desapareceu e nunca mais tive contato foi mamãe, perguntava a todos quanto podia, mas ninguém sabia dá notícias, ela simplesmente sumiu. Bem, não falavam ou se omitiam por ordem da "senhora do chicote", como chamavam a desgraçada da tia Isabel, devido sua maldade sem limites.

A verdade é que fomos separados, nossa família foi desfeita, completamente destruída e nosso pai permanecia na cadeia, sabe-se lá como, sequer fazia ideia se ainda estava vivo ou teria morrido nas mãos dos policiais. Passaram-se seis meses depois da invasão nas nossas terras e de toda a desgraça que recaiu sobre nós, nem sabíamos ao certo como seria nosso futuro desde então. Um dia de repente fui acordada pelas gorduchas que eram minhas babás mais cedo que de costume. Fui informada que por ser uma data especial deveria passar por um tratamento mais adequado ao momento em questão. Me levaram para tomar banho, a água na bacia feita de louça era tão gelada que doía nos ossos, me ensaboaram toda, passaram um liquido estranho no meu cabelo, por nome babosa, que encheu minha cabeça de espuma. Escovaram meus dentes com uma pasta branca e espumenta que ardia para o diabo, depois me enxugaram minha bunda e fui levada para ver o demônio que mandava em tudo.

Ao ficar diante dela fitei meu olhar de ódio naquele monstro e prometi a mim mesmo um dia matá-la. O ódio que sentia por ter sido separada de minha família e por saber da forma monstruosa como meus irmãos estavam sendo tratados por aquela bruxa ambiciosa, trabalhando feito escravos nas suas terras sem ter direito algum me fez querer queimá-la viva e, se pudesse, faria aquilo ali mesmo sem mais perda de tempo.

Me conduziram até a presença da megera que exigiu ficar a sós comigo para, segundo explicou, a gente ter uma conversa bem séria. A descarada teve a cara de pau em dizer que me manteve naquele cativeiro com o único propósito de negociar minha honra com os coronéis, pois eles ofereciam muito dinheiro para que ela arranjasse menores. Crianças de minha idade que lhes serviam de diversão, com as quais praticavam todo tipo de fantasias sexuais.

Entendia pouco sobre aquele negócio de sexo, mas não era tão tapada e compreendi o porquê de existirem tantas meninas no casarão e, também, as razões de todas nós sermos tão bem tratadas por aquele monstro. Tia Izabel era uma mulher alta, de corpo bem torneado, cintura de violão e olhos azuis, característica típica de uma cearense amarelada, irmã mais nova de papai que optou em nunca se casar. Desde bem cedo caiu na vida e foi para a capital se prostituir, se tornou a vergonha da família e meu avô a amaldiçoou devido a forma de vida que escolheu, enquanto suas outras quatro irmãs se casaram e honraram o nome do pai, dando continuidade à tradição de viver com dignidade.

Papai sempre falava a respeito dela com um tom de aborrecimento na voz, todos ficaram indignados com a maneira como ela conduziu seu destino, ridicularizando o restante de seus familiares diante dos estranhos, pois no sertão era assim, se filha de tal fulano virasse rapariga dava muito o que falar. Porém, o inusitado aconteceu e a pilantra soube conduzir muito bem a beleza que herdou de minha avó, que era linda na juventude, tornando-se uma prostituta de luxo e acompanhante de homens ricos na capital por vários anos.

Isso fez com que acumulasse no banco muito dinheiro e voltasse a sua terra natal depois de vinte anos cheia da grana e esnobando grandeza. Porém, apesar disso continuou sendo renegada pelos pais e pelo restante dos familiares, o que a deixou amarga de raiva. Comprou uma enorme propriedade distante do nosso vilarejo e montou ali seu puteiro grã-fino, onde muitos de seus antigos clientes vinham de todas as partes se divertir e realizar suas fantasias sexuais.

Geralmente com meninas que ela raptava de lugares longínquos com a ajuda de pessoas sem a menor índole e em troca de boas quantias. Em alguns casos ela aproveitava a situação de algumas famílias tomadas por completa necessidade financeira e praticamente comprava suas filhas ao resolver o problema de seus pais.

Eles que por estarem endividados com a mesma eram obrigados a lhes entregar suas meninas ainda menores para a prostituição até que tivessem condições de devolver o empréstimo, o que era praticamente impossível, visto que o juro sobre o valor devido era incalculável. Agindo de má fé e ocultando-se numa região de pouco ou nenhum acesso pelas autoridades, numa época onde não existiam leis em defesa dos menores, como existem hoje, a cafetina se dava bem no seu rendável negócio de exploração sexual. Pedófilos vinham dos grandes centros urbanos espalhados por todo o país ao prostíbulo satisfazer seus desejos imorais com as pobres coitadas. Eram informados pelas notícias transmitidas boca a boca da parte dos que experimentavam e aprovavam a nova forma de diversão.

Pois não havia na época internet e as comunicações eram totalmente precárias, poucas vezes se fazia uso do telefone fixo para fazer uma reserva, escolher uma criança ou obter informações sobre o local, como não existiam celulares para uma comunicação mais segura o ideal era mesmo se fazer presente no ambiente pessoalmente.

Aos finais de semana chegavam por lá muitos ricaços em seus carrões de luxo e já se falava em construir numa área localizada a certa distância um heliporto para receber clientes mais importantes que preferissem vir em seus helicópteros de lugares mais distantes, como Rio e São Paulo. Ali se reuniam homens e mulheres de todas as posições sociais, até políticos podiam ser visto entre os clientes daquele antro de prostituição infantil, sem que nada fosse feito no intuito de se punir tal crime.

Com esse método imundo de trabalho minha tia se tornou a mais poderosa das cafetinas do sertão nordestino e passou a ditar as regras na região, diziam os mais antigos que ela mandava matar qualquer um que ousasse sequer falar algo contrário ao seu negócio ou ameaçasse denunciá-la as autoridades. Geraldo, certa vez me falou que quatro outros empregados da cretina foram enforcados, dois homens e duas mulheres. Eles haviam se encorajado em libertar algumas das pequenas e enveredaram mata a dentro. Ela ordenou seus pistoleiros a ir procura-los e não voltar sem trazê-los de volta vivos ou mortos. Em pouco tempo haviam sido capturados, as meninas retornaram aos aposentos. E os quatros por ajudar na fuga das menores foram executados diante dos demais que serviam no lugar, para servir de exemplo.

O velho disse que foi obrigado a ver, juntamente com todos os demais, o momento em que os carrascos enforcaram seus quatro amigos numa arvore sem a menor piedade ou misericórdia. Lembrou que viu os olhos das mulheres e dos dois homens esbugalhados para fora depois do enforcamento. Minha nossa, só de imaginar tal coisa fiquei tremendo de medo e comecei a me preparar para o pior, sem meus pais por perto para cuidar de mim e meus irmãos mais velhos escravizados na senzala sem poder fazer coisa alguma a meu favor, pois eles mesmos estavam indefesos, o que aconteceria comigo àquela altura do campeonato?

Certa vez perguntei a megera sobre o paradeiro de minha mãe e ela disse tê-la internada num hospital para tratamento de doenças mentais na capital porque sua cunhada estava passando por um momento delicado de saúde. Acreditei, pois desde que ocorreu a invasão na vila e papai foi preso ela ficou mesmo sem noção da realidade. Enquanto esteve no casarão permanecia o tempo todo sentada numa cadeira com o olhar fixo a certa distância, alheia a tudo ao seu redor.

Quanto a meu pai a resposta da malvada era sempre a mesma, que não tinha notícias dele. Assim, se passaram longos seis meses sem que eu pudesse ter uma noção de como realmente estavam meus familiares, até que finalmente fui convocada a comparecer diante do monstro e acreditei ter sido para saber de algo referente a eles, mas me enganei, o assunto era outro, tratava-se do preço que eu teria que pagar pelo tempo que estive sendo tratada como princesa no maldito casarão.

— Minha querida sobrinha, como é bom ver que você foi bem cuidada por suas babás aqui na casa grande. Prova de que sua tia é uma mulher de bom coração e se preocupa com seu bem, afinal, quem mais poderia ter cuidado melhor de você depois que tanta desgraça caiu de uma só vez sobre sua família, não é?

— Quero saber como estão meus irmãos, tia. E mamãe, onde está?

— Ah, mas que gracinha, parece uma moça, indagando pela família com essa cara zangada! Tenha calma, minha menina, tudo ao seu tempo, primeiro vamos entender as razões pelas quais lhe chamei aqui, estes outros assuntos discutiremos mais tarde. E, para começar, você precisa compreender o seguinte: Eu não sou do tipo "titia boazinha", que tem o hábito de sair por aí resgatando sobrinhas desvalidas, trazendo-a para casa no propósito de dar amor, carinho e proteção. Pelo contrário, meu anjo, aqui quem come do meu feijão tem que gerar renda e pelas minhas contas você já come desse feijão a mais de seis meses, chegou a hora de pagar por toda a despesa quem vem dando durante todos esses meses. Deu para entender a situação ou vou precisar ser mais clara?

— Não tenho dinheiro para pagar o feijão

— Não precisa ter dinheiro para pagar nada, sua tolinha, basta fazer tudo o que a tia mandar e pronto, tudo fica certo, entendeu? Só precisa obedecer sem questionar minhas ordens, combinado?

— Tá bom...

— Que lindo, assim que a titia gosta, levem-na para a suíte no andar superior e preparem ela de acordo com o costume, em breve receberemos algumas visitas importantes!

Apesar da pouca idade nunca fui uma moleca tapada, do tipo que era preciso um anjo descer do céu e me explicar que o diabo não chupa mangas, sabia mais ou menos do que tínhamos acabado de tratar. Vó Chica me explicou que existiam pessoas más que faziam imoralidades com as crianças. Um dia ela mandou eu ficar nua diante de um velho espelho que possuía pregado na parede, e disse: "Está vendo esse pedaço de carne pregado no seu corpo, menina? Tem muita gente malvada por aí que pagam qualquer preço por ele!"

Bem, a princípio fiquei aérea, nada entendi, até que ela explicou em detalhes o assunto. Falou sobre os pedófilos, pessoas que sentem atração física por meninas e meninos na flor da idade e que estão dispostos a pagar valores altos em dinheiro para quem lhes proporcione a oportunidade de abusar uma pobre criança indefesa para saciar suas paixões sexuais malignas. Como disse anteriormente, nós nos tornamos grandes amigas e passamos a conversar sobre variados assuntos.

Ela uma senhora idosa e eu uma fedelha, mas nossas mentes se cruzaram e parecíamos duas pessoas adultas dialogando, falávamos sobre tudo, e sexo não foi um tema descartado, pois ela dizia que uma mulher deve desde cedo estar preparada para enfrentar as armadilhas da vida. E, como mamãe não me orientava sobre esses pormenores Vó Chica o fez, e devo admitir que de maneira bastante eficaz. Entendia que as informações colhidas entre os empregados eram verdadeiras, tia Izabel estava negociando minha virgindade com seus clientes.

Iria dar minha inocência ao primeiro que estivesse disposto a pagar o valor proposto, de certa forma eu me tornei um tipo de troféu a ser leiloado em questão de horas. Minhas babás me conduziram ao melhor quarto da casa grande, fui jogada numa banheira de louça enorme. Deram-me outro banho e cobriram meu corpo de cremes e caros perfumes franceses.

Tudo como preparo para receber na cama o futuro hóspede. Estava ciente disso, entendia perfeitamente do que se tratava e até já tinha planejado como seria o final daquela palhaçada. Sim, porque se estavam pensando que aceitaria deixar um macho trepar em cima de mim e rasgar minha perereca passivamente sem qualquer reação, estavam redondamente enganados.

O desgraçado iria jogar dinheiro fora e teria como resultado um chute no saco para aprender a respeitar filha de sertanejo. Aqueles ricaços de merda viam as mulheres do sertão como pessoas inúteis que só serviam para abrir as pernas, servir de tira-gosto e levar desaforos, mas quem ousasse me arrebentar teria uma grande surpresa, pois sairia dali de quatro, com os bagos estourados, e assim aconteceu.

Era madrugada, já tinha cochilado e despertado umas dez vezes por está assustada. E ficado atenta para quando o safado entrasse no quarto, não queria ser pega descuidada para não ser violentada de supetão. Uma festa sem fim acontecia lá embaixo e minhas orelhas estavam atentos para ouvir passos que porventura subissem as escadarias.

A porta permanecia fechada, me escondia debaixo dos lençóis e conservava o olhar fixo na direção da entrada na intenção de ver o exato instante da chegada do pedófilo, o que ocorreu tempos mais tarde, quando já tinha esperanças de terem desistido do atentado contra minha honra. Ouvi passos na escadaria que conduzia ao quarto em que me encontrava tremendo feito vara verde, porém decidida a enfrentar o canalha. Vozes, risos, alguém movimenta a chave na porta e entra no recinto.

A luz que ainda era um lampião dos que se enchem de gás é aceso e o ambiente se ilumina, pois, apesar do luxo o lugar ainda não possuía energia elétrica. Aliás, esse era um dos caríssimos projetos da proprietária que não tinha sido concretizado, devido ser caro demais trazer tal modernidade da capital, porém não era uma ideia descartada pela vadia.

Me fingi está dormindo, o indivíduo puxou o lençol que me cobria e começou a passar a mão sobre meu corpo, tirou meu vestido e fiquei quase despida, só de calcinha. De tão pequena meus seios nem tinham se desenvolvido, eram apenas dois pontinhos sem qualquer importância, mas o cretino colocou a boca sobre eles assim mesmo. Deixei o otário pensar que era o dono da situação e bem a vontade ele fez muitas coisas nojentas no meu minúsculo corpo antes de se preparar para a penetração. Fui paciente e continuei fingindo um sono que nunca existiu, esperava o momento certo para agir.

Não poderia ser apressada para que o golpe fosse certeiro, na hora e no lugar exato. Ele se levanta depois de me despir por completo, tirando as calças para me possuir. Mesmo de olhos fechados eu pude num relance ver a cara do monstro e aquela coisa enorme que queria introduzir na minha pequena pererreca. Fiquei apavorada, mas me mantive paralisada sobre a cama na mesma posição que o demônio do pedófilo me posicionou.

E, no exato momento em que ficou bem próximo de mim, ao querer deitar por cima do meu corpo me enchi de coragem e lasquei um forte chute nos escrotos do canalha e ouvi seus berros, caindo no piso do quarto segurando seus testículos numa dor insuportável que tirou todas as suas forças. Vó Chica me disse que não importaria o tamanho do adversário, bastaria um chute certeiro nos grãos dele e pronto, cairia por terra e foi exatamente isso que tive em mente ao dar aquele enorme pontapé no porco imundo que tentou me violentar.

Pretendia vê-lo agonizante no chão, o que de fato aconteceu. Estava nua e assim mesmo sai porta a fora rumo a cozinha onde sabia existir um armário velho de madeira bem grande, já sem uso, onde poderia me esconder. Foi uma das mulheres que cuidavam de mim que deu a dica, pois faziam seu trabalho em troca de ganhar sustento com o qual alimentavam os filhos pequenos, mas abominavam tudo o que viam acontecer por ali. Pois eram mães e muitas delas tinhas filhas na escravidão de onde não conseguiam tirar. E sofriam por saber que elas eram mantidas como prostitutas pela senhora do chicote, que ameaçava a todos de morte por causa do poder que tinha sobre os pobres coitados.

Fiquei dentro do armário o restante da madrugada e parte do dia seguinte, quando fui localizada por um dos machos que serviam de cães de guarda para a megera, e me levaram de volta pro quarto. As mulheres me deram banho e vesti roupas limpas, depois levada novamente a presença da peste, ela se encontrava de costa virada para a entrada da sala.

Olhava através da janela grande de vidro, com uma cortina branca, feita em tecido fino, que enfeitava por sobre a parte superior e laterais da mesma. Mantinha as duas mãos voltadas para trás e nelas um cinto de couro trançado, o que dava a imediata ideia de que uma grande surra me aguardava. Ela se volta rispidamente e me encara com aqueles olhos brilhantes, capazes de fazer qualquer um mijar nas calças e me dirige a palavra com muito ódio. Deu a impressão de estar vendo sair fumaça de suas narinas, porém não me assustei e tão pouco fiz xixi na calcinha:

— Sua moleca nojenta, como pode fazer tamanha desfeita depois de ter sido tratada com enorme delicadeza, comendo do bom e do melhor na minha casa? Por acaso achou que iria ser tratada como uma princesa de graça, sem ter que depois retribuir algum benefício para mim? Meu bem, aqui ninguém vive sem me dá lucros e o que você fez ontem com um dos meus clientes trouxe um prejuízo enorme para mim, faz ideia do quanto me fez perder, sua fedelha?

Fiquei parada diante da explosão de ira da megera sem nada dizer ou fazer, após ouvir todo tipo de palavrões e maldições que ela poderia ter jogado sobre mim levei uma surra de chicote que tremi e dessa vez não escapei de mijar nas calças. Em seguida fui conduzida novamente aos aposentos na parte superior da casa, minha bundinha que agora já possuía um pouco de carne estava vermelha de tanto apanhar. A desgraçada era esperta e não chicoteou nas costas pernas e braços para evitar deixar marcas e não estragar a mercadoria, afinal, uma moleca toda manchada perderia muito o valor de mercado.

Numa conversa com Maria das Dores, uma das babás, fui advertida. Ela me disse que a infeliz de minha monstruosa tia pretendia arrumar outra noite igual àquela que passou e me entregar nas mãos de um novo pedófilo que havia feito uma oferta bem maior que o primeiro só para furar minha pererca. Não conseguia entender o porquê de os machos desejarem tanto meu pedaço de carne.

Vó Chica havia explicado direitinho essa história de sexo para mim nos tempos em que morou na nossa casa, mas mesmo assim eu ainda não compreendia plenamente o real motivo de tanta loucura por aquilo. Claro, como uma criança que sequer tinha chegado a puberdade poderia ter a capacidade de sentir em seu corpo os mesmos desejos sexuais de um adulto? Hoje entendo que os pedófilos são pessoas totalmente desequilibradas psicologicamente, incapazes de enxergar a realidade da mesma maneira que as normais, nas suas mentes doentias veem o corpo de uma criança como se fosse de uma mulher adulta.

Profissionais da área explicam que suas mentes monstruosas invertem as coisas e ao olhar o corpo de uma mulher com idade apropriada para a prática do sexo não sentem qualquer interesse ou atração pela mesma, já se veem completamente tomados de desejos ao admirar as partes íntimas de uma menor de idade. Ou até mesmo de uma recém-nascida, chegando a cometer enormes barbaridades, como o estrupo. Esses demônios do sexo precisam ser detidos, presos e nunca mais receberem o direito de voltar ao convívio na sociedade.

Entretanto não é isso que geralmente ocorre, a polícia prende tais delinquentes e a justiça manda soltar, como se abuso sexual não fosse crime. O que de fato funciona nestes casos é a punição feita por outros criminosos que não perdoam quem tal ato praticar. Na prisão homens acusados de cometer abusos contra mulheres e crianças são mortos da pior forma possível, se caírem lá dentro e for revelado a eles tal conduta do detento é morte certa. Infelizmente na minha época de infância não existiam tais leis para nossa defesa nem meios modernos como temos agora para fazermos uma denúncia anônima, o jeito era aceitar a opressão dos poderosos ou usar os meios disponíveis para combatê-los.

Tia Izabel voltou a preparar tudo para receber o próximo cliente que viria me pegar na cama, dessa vez eu não escaparia. Naquela noite, presa dentro do quarto e completamente nua na cama de casal, eu tremia. Depois de ter sido avisada pela cafetina dos infernos que se não desse o que me pedisse o cretino do tarado, ela iria punir meus irmãos com a morte, eu cedi. Me encontrava sem saída e disposta a cumprir suas ordens afim de garantir que nada de ruim aconteceria com meus manos como havia sido prometido caso fosse boazinha com o pedófilo. O infeliz pagou mil réis pelo pedaço de meu corpo, com a garantia de usá-lo como bem entendesse. Podia morder, lamber, invadir com sua porcaria enorme, beliscar e até me matar. A bruxa garantiu serviço completo e sigilo total, ninguém saberia de nada.

Como fiquei sabendo disso? Ora, as babás me contaram. Jurema era mãe de Jade, uma menina linda que como eu nasceu no sertão com a maldita sina de se tornar escrava naquele inferno e depois que tia Izabel iniciou seu tráfico de menores pegou a coitada dos pais. Em troca de ajudá-los com emprego e uma casa boa para morar, o pai de Jade trocou ela por estas coisas e a mãe nada pôde fazer ao contrário, nem dinheiro ou poder para combater a miserável ou discordar da decisão do marido que achou ser correto amparar a si mesmo do que a pobre garota, que desde os nove anos de idade vivia ali.

Mesmo sem ter contato com as outras meninas do prostíbulo as vezes podia vê-las tomando banho na piscina que ficava nos fundos do casarão, olhando da sacada do quarto onde dormia. Foi assim que fiquei sabendo como as coisas aconteciam na noite em que éramos entregues nas mãos de nossos futuros donos. Por um bom valor pago eles poderiam fazer o que quisessem com a gente, até matar, menos nos levar embora dali. O que era de mais interessante saber era que a maligna da minha tia concordava em nos vender para tais indivíduos, consentindo a eles o direito de nos tirar a vida, mas não em nos libertar de tão grande escravidão, aos seus olhos não passávamos de um produto descartável que lhe possibilitava ganhar muito dinheiro.

Para mentes perversas como a de Izabel o que realmente importa é o resultado, aquilo que estão dispostos a ganhar nos seus investimentos. O resto que se danem. E eu era apenas a droga de uma moleca através de quem ganharia alguns mil réis, a moeda da época. Ela queria retorno imediato do seu investimento e para conseguir isso acontecer estava disposta a tudo.

Até mesmo matar ou morrer, entretanto naquele caso a vítima seria eu mesma caso me negasse a cooperar. E junto comigo seriam esmagados todos quanto fizessem parte de minha vida, como mamãe e meus irmãos. Ela passaria por cima de todos como um rolo compressor, sem nenhuma misericórdia. Até alcançar o que queria e isso incluía ganhar muita grana. Ou eu abria as pernas para os pedófilos e saciava a tara deles como a maligna cafetina havia mandado ou o pior aconteceria, sua tática funcionou como planejado e eu decidi me render às pressões. Aquela noite seria decisiva, um estranho chegaria no meu quarto e me possuiria.

Faria o que quisesse comigo e nada poderia ser feito para evitar tamanha desgraça. Não iria adiantar gritar, fazer escândalos, tão pouco pedir socorro ou dá outro chute certeiro nos testículos do maldito que viria me rasgar toda. Bem, como não tinha mais nada a fazer fiquei novamente deitada na cama de casal, nua, esperando meu carrasco que não demoraria a chegar para me torturar. Sorte minha se saísse dali com vida, só me restava torcer que mamãe e meus manos ficassem bem, que a megera cumprisse sua promessa de deixá-los viver.

Outra vez começaram a chegar ao casarão os convidados da cruel cafetina, muita música, bebida, drogas e em seguida a carnificina. Depois da meia noite cada qual escolhia um quarto e sua criança preferida para saciar sua sede de sexo, mas para ser o primeiro na transa com uma virgem como eu teria que ter cacife, ou seja, pagar um valor muito alto, além do comumente cobrado. E alguém resolveu bancar o cachê pela segunda vez, dessa vez eu estava lascada, não tinha saída.

Afinei os ouvidos e esperei pacientemente que ele adentrasse no calabouço onde me encontrava indefesa e sem a menor chance de escape. Ouvi passos nas escadas, danou-se, era chegada a hora do martírio. A porta se abriu e o monstro entrou, certamente estaria orientado pela maligna sobre os cuidados que deveria tomar comigo na hora H, pois o anterior levou um chute nos grãos e passei a ser vista como uma urtiga brava. Permaneci como da primeira vez, quieta e sem demonstrar qualquer reação contra seus toques nojentos. Me dá nojo lembrar o aquele infeliz fez no meu corpo, o pior de tudo foi não sentir qualquer prazer a não ser uma dor descomunal ao ser invadida por aquele membro enorme que parecia me partir ao meio.

Gritei feito louca, mas ele tapou minha boca. Desmaiei de tanta dor e só acordei horas depois, quando as mulheres me despertaram. Me encontrava toda rasgada, ardia tudo dentro de mim. Trataram meu corpo por vários dias e mesmo assim ainda sentia como se o membro do maldito estuprador permanecesse dentro do meu buraquinho, agora todo arrombado, sentia aquilo invadindo minha pequena vagina e rompendo meu lacre.

Via em meus pensamentos cheios de pavor a perda dolorosa da minha pureza que me fez gemer num grito abafado pela mão do agressor posta sobre minha boca enquanto sangrava sobre os lençóis daquela cama onde semelhante a mim diversas outras meninas foram violentadas. Minha situação era de dar pena, minhas partes íntimas encontravam-se em carne viva, ainda sangrando e bastante dolorida, nenhum remédio que bebesse ou fosse passado por cima pararia a dor.

Mas não estava preocupado só comigo mesma. Queria apenas saber se Isabel tinha comprido com suas promessas, pois me entreguei ao pedófilo que noites atrás havia me rasgado toda para que eles pudessem ficar bem e protegidos. Porém, de acordo com as informações colhidas através de minhas babás ela não cumpriu nem um milésimo do prometido e ainda transferiu meus manos do roçado para trabalhar nos engenhos de cada de açúcar.

Um trabalho bem mais forçado do que no cabo da enxada. Quanto minha mãe? Bem, esta não foi internada num hospital para tratamento de doenças mentais, mas num manicômio, local onde os perturbados da mente ficam ainda mais pirados. Ali os doentes são tratados a base de choques elétricos e todo tipo de atrocidades que se possa imaginar, ao invés de cura eles encontram piores complicações na já delicada condição mental e ficam cada vez mais lunáticos. Não existia a menor chance que ela estivesse melhor do que quando foi enviada para lá, se é que já não estivesse morta.

Resumindo, me doei por nada para satisfazer os caprichos malignos de homens imorais e para ajudar uma miserável a ganhar a fortuna que tanto desejou conquistar durante toda sua trajetória como prostituta e como resultado o que restaria para mim era um futuro incerto e cheio de revolta pelo mal que fui obrigado a suportar. Isabel não quis mais se comunicar comigo, apesar de meus apelos em tentar lhe falar, passei a ser tratada como as outras meninas que viviam ali antes de mim, elas não tinham acesso a dona da casa. Permaneciam trancadas nos seus aposentos e somente saíam ao serem convocadas para atender aos clientes. Diferente dos ambientes da cidade grande no casarão os homens não ficavam nas mesas cercados por prostitutas e sim por menores.

Eram de todas as idades, a mais nova era eu, então com onze anos. Meu aniversário se deu exatamente na noite em que fui violentada por um brutamontes imundo. Como não tinha outra forma de sobreviver nem para onde ir, me rendi. Aceitei inerte ao que o destino reservou e virei uma puta mirim. Com o passar do tempo, sendo bem alimentada, surgiu em mim uma beleza física que sequer imaginei possuir no meu interior, aquela aparência de antes desapareceu dando lugar a uma jovem alta, esbelta, de olhos amarelados, com cabelos longos e ondulados, com uns pernões e quadris de fazer inveja.

Dez anos depois de ter sido levada para aquele antro de prostituição infantil e ser estuprada por um pedófilo pelo menos trinta anos mais velho que eu, me transformei na prostituta mais desejada do lugar. Várias vezes pude contemplar os machos indo aos tapas por minha causa. Um dos clientes que costumeiramente visitavam o casarão ficou apaixonado e vi nele a oportunidade de sair dali, visto que não tinham mais família e nem para onde ir caso decidisse abandonar aquele lugar. Meus irmãos viraram escravos e todos os meus outros tios perderam seus bens na mesma época em que nós e dessa maneira não sabia ao certo se tinham conseguido se reestabelecer.

Meus manos desapareceram, perdemos o contato depois de terem sido mandados para os canaviais, eu vivi por dez anos no mesmo lugar me prostituindo e sem saber como estava o mundo do outro lado das altas muralhas que nos cercavam. Mas, acreditava que se saísse dali com alguém as chances de dar certo eram maiores. Ricardo se mostrou capaz de tudo por mim. Então lhe contei minha história e perguntei se estaria disposto a me ajudar a fugir e recomeçar uma nova vida na capital, ele topou e começamos a planejar tudo desde aquele momento.

Acontece que ninguém está livre da traição e cair na tolice de contar sobre o plano para uma das colegas de quarto, que por sua vez conta tudo a Izabel e na noite em que eu e Ricardo decidimos escapar do casarão a infeliz mandou seus cães de caça irem atrás de nós com a ordem de nos trazer de volta vivos ou mortos, a perseguição foi acirrada, se deu nas primeiras horas de um dia de domingo, era inverno e chovia bastante.

Estávamos embrenhados na floresta montados em dois cavalos puro sangue pertencentes ao pai dele que era um grande fazendeiro da região, sua casa seria o local para onde pretendíamos ir nos esconder por um tempo até sabermos ao certo o que fazer. Entretanto, eu não tinha muita prática na montaria e fui forçada a cavalgar devagar, o que atrasava em muito a nossa jornada. Enquanto isso os perseguidores estavam nos alcançando com cachorros farejadores e em pouco tempo iriam nos alcançar, mas Ricardo era experiente e logo percebeu que estávamos sendo seguidos.

Então teve a ideia de me colocar na mesma montaria em que ele estava, o que nos permitiu ganhar terreno. Mas os pistoleiros de Izabel eram ainda bem mais hábeis no que faziam e jamais saíram em busca de fugitivos sem que os trouxessem de volta. Assim, criaram atalhos e acabaram por nos encurralar antes que pudéssemos alcançar a fazenda onde iriamos nos abrigar. Cercados e sem saída fomos obrigados a nos render.

Ao sermos levados de volta ao casarão sabia que a cafetina não iria aceitar a afronta sem dar o troco, pois tinha consciência do quanto ela era vingativa. Porém, tinha a esperança que nada de ruim fosse feito contra meu libertador, sendo ele filho de um importante fazendeiro da região ela talvez se sentisse impedida de feri-lo, mas me enganei terrivelmente. Fomos amarrados e levados até a presença de Izabel que se encontrava num local longe do casarão, próximo aos engenhos. E ali deu-se início ao castigo que ela definiu para nós dois.

Fomos os dois amarrados em cadeiras e postos na frente dela, que permanecia em pé com seu chicote preso a uma das mãos, seu olhar era de uma herege decidida a nos punir com o rigor da morte. Depois de nos espancar com aquele rabo do diabo e deixar nossos corpos seriamente retalhados pelas chicotadas recebidas, ela ordenou aos seus subalternos que jogassem gasolina sobre Ricardo que se encontrava quase desmaiado de tanto espancamento e incendiá-lo.

Apesar de meus gritos com pedidos de clemencia nada pude fazer para impedir aquela ação macabra. Eles o queimaram vivo bem diante de meus olhos e até hoje não consigo apagar aquela cena horrível de minha mente. Depois de tudo me deixaram ali presa a cadeira e sangrando para morrer, permaneci no mesmo lugar por duas noites sem comer nem beber.

Até que para minha surpresa fui resgatada pelos mesmos animais que me espancaram e mataram Ricardo, por ordem da impiedosa cafetina, ela me proporcionou retornar para casa e recomeçar. Não entendia o porquê de ela não ter mandado me matar como fez com meu amigo, mas respirei aliviada. Se passaram alguns dias após meu retorno ao casarão sem a menor sombra da presença de Isabel. Parei de trata-la como tia a muito tempo atrás, quando amadureci e compreendi que não tinha porque tratar com respeito ou como um familiar tal pessoa, capaz das piores barbaridades contra seus próprios parentes até que fui designada a comparecer no seu gabinete para tratar de assuntos importantes. Adentrei no recinto e deparei com aquela que se intitulava minha protetora, não me foi estranho outra vez contemplar seu olhar maligno fitado no meu ar de puro desprezo, pois apesar do seu poder e da capacidade de ficar impune em suas maldades, não lhe temia.

— Lhe chamei aqui para fazer uma única pergunta: Por acaso está pretendendo morrer? Porque se esse é o seu desejo posso providenciar agora mesmo para que isso se cumpra! Teve sorte de eu considerar nosso parentesco no momento em que ordenei a execução do seu parceiro de fuga, caso contrário a estas horas já estaria sob sete palmos como ele está

— Interessante, não sabia que havia algum tipo de parentesco entre nós, afinal, quem trataria como escravo e permitiria que lhes fizessem as piores maldades a um membro de sua própria família?

— Não seja ingrata, se não fosse por mim você teria ficado no relento e hoje viveria sabe-se lá por onde como muitos outros daquela época, depois de terem perdido tudo o que possuíam. Admita que fui seu porto seguro, sua única saída e se hoje tornou-se nessa mulher linda e inteligente foi graças a mim!

— Quer que eu agradeça pelas roupas caras, calçados e joias que me deu, titia? Pois saiba que não farei isso, afinal de contas todas estas coisas foram pagas antecipadamente por um alto preço, quando fui forçada a me tornar uma prostituta ainda criança neste antro infame para lhe permitir concretizar suas ambições. Portanto, me poupe de suas ladainhas e não ouse pedir que eu agradeça o que fez por mim nestes dez anos, porque o que de fato me deu foi machos para tirarem minha inocência e usarem como bem queriam meu corpo, coisas das quais sequer pesam na sua consciência.

— Minha querida, não seja dramática, tudo na vida tem um preço, para que não ficasse abandonada na rua, sem eira nem beira, lhe trouxe a esta casa e lhe transformei nessa mulher brilhante, a qual tantos homens desejam. Seja grata pela oportunidade que o destino lhe proporcionou

— Talvez eu não possa dizer cara a cara ao destino o que penso dessa rica oportunidade que ele me deu, mas a você eu posso e quero lhe falar apenas uma coisa: Sempre ouvi dizer que existe nos céus um Deus que defende os pobres e oprimidos, porém, ele não esteve presente, quando mais precisei de ajuda. Portanto, não tenho nele fé suficiente para esperar que a justiça divina será feita em meu favor, mas quero te garantir que um dia vou te fazer pagar por toda a maldade com que tem tratado não somente a mim, mas a todos os pobres diabos dessa terra. Vingarei a morte de Ricardo e ainda te verei apodrecendo na cadeia!

— Muito bem, sonhar não é pecado, pode ter seus delírios o quanto quiser.

Porém entenda que estou numa posição alta demais para que pense em vingança contra mim, pois sequer poderá me tocar

— Ninguém está tão alto que um dia não possa cair, e grande será sua queda, ordinária!

— Esbraveje à vontade, minha sobrinha, mas não esqueça disso que vou lhe revelar agora: Deve ter se perguntado as razões que me levaram a poupar sua vida depois do último episódio ocorrido.

Em que mandei matar aquele idiota que pensou poder tirá-la de mim. Mas, como disse, fiz isso por causa de nosso parentesco, assim como farei melhor ao passar a você tudo o que tenho. Não gerei filhos, sou uma mulher seca por dentro, e sempre me preocupei com o fato de não ter a quem deixar o império que construí. Ao lhe encontrar sobre aquele amontoado de entulhos, chorando e sem ter qualquer amparo, me veio à mente a certeza de que de alguma forma havia encontrado a pessoa certa para herdar meus bens. Então prepare-se, porque em breve será a nova "Senhora do Chicote" nesse lado do sertão!

— Há, isso só pode ser brincadeira ou delírio de uma pessoa que perdeu a noção da realidade, quem disse que tenho qualquer interesse em herdar bem algum conquistado em troca das maldades com as quais sempre oprimiu as pobres pessoas que tiveram a infame sorte de cruzar seu caminho? Jamais aceitaria um níquel sequer que viesse de alguém como você!

— Desculpe, minha fofa, mas não estou perguntando qual é sua opinião sobre a decisão que tomei de lhe transformar em minha herdeira, na verdade eu estou é ordenando que assim se faça. E pode ter na certeza que você irá aceitar cumprir essa missão o quanto antes. Ou o resultado de sua teimosia resultará em graves consequências, não esqueça nas mãos de quem se encontra o poder de fazer seus amados irmãos e sua mãe louca perecer!

— Maldita, sempre usando de chantagens para conseguir aquilo que quer, mas dessa vez não vai se dar bem nas suas ameaças, pois a muito tempo não tenho notícias de meus irmãos nem de mamãe, sequer sei se ainda vivem, então não cederei a sua tentativa de me chantagear

— Tem toda razão, minha cara sobrinha, de fato não considerei essa hipótese, porém isso é algo que se pode resolver em questão de horas.

Hoje mesmo ordenarei que um dos meus empregados a levem até os engenhos próximos aos canaviais para rever seus irmãos. Verá com seus próprios olhos que os três ainda vivem e até já se casaram, formaram suas famílias e só não lhe visitam porque eu os proíbo de virem aqui. Depois disso você retornará para cá e daremos continuidade a nossa conversa, agora retire-se, vá trocar essa roupa por uma mais adequada para cavalgar

— Não acredito mais nas suas mentiras, porventura pretende me mandar para ser morta por um de seus jagunços no meio dos canaviais?

— Não seja boba, menina, se lhe quisesse morta não teria poupado sua vida, quando tive maiores razões para executá-la. Agora vá e faça como acabei de lhe ordenar

Aquela tarde ensolarada nunca mais seria esquecida, um dos jagunços me levou até os engenhos e lá pude reencontrar meus manos. Jeronimo, apesar de não ter chegado aos trinta anos, já começava a cair o cabelo no centro da cabeça, seria um homem calvo como papai. Todos tinham suas esposas e filhos como Izabel falou, eu já era tia de seis sobrinhos lindos, mas bastante carentes como fomos na nossa infância. Fiquei ali com eles, em suas casas feitas de barro e pedras como era a que nascemos, durante o restante do dia e retornei ao casarão ao anoitecer, não perdi tempo e fui ver a ordinária para dar continuidade a conversa iniciada pela manhã.

— E então, agora está mais tranquila depois de confirmar que seus irmãos estão bem?

— Depende do que significa estar bem no seu ponto de vista

— Para mim esse termo significa estarem vivos, minha jovem, porque na verdade aqueles três não possuem a menor serventia para mim, poderia mandar executá-los ainda hoje e nem fariam falta!

— Nem se atreva a tocar num só fio de cabelo deles e daquelas crianças!

— O que você poderia fazer para evitar? Certamente que nada estaria a seu alcance que pudesse impedir minha decisão em dispensar deste mundo aqueles inúteis e suas famílias, porém não serei eu a fazer isso, cabe a você decidir se eles continuam a levar suas vidinhas medíocres naquele lugar ou se serão ceifadas num estalar de dedos.

Resolva se aceita ou não ser minha herdeira, estou velha e cansada dessa peleja no casarão, já não tenho paciência nem forças físicas para dar continuidade nesse negócio

— Então essa será sua palavra final, se me negar a assumir o prostíbulo vai mesmo atentar contra a vida de meus deles?

— Acho que não deixei nenhuma dúvida quanto a isso, minha cara

— Reconheço ser extrema a situação na qual me encontro e serem poucas as opções que me restam, entretanto, antes de aceitar sua proposta quero pedir que me permita mais uma coisa...

— Certo, e o que seria?

— Quero rever minha mãe, se é que ela ainda está viva. Me permita ir no hospital psiquiátrico onde ela se encontra na capital

— Farei melhor, mandarei que a tragam aqui para que passem um final de semana juntas no casarão, afinal não há a necessidade de se deslocar daqui até a capital para vê-la se ela pode vir ficar uns dias com você

— Tá certo, estamos de acordo, então

No final da semana seguinte uma ambulância veio da capital, trazendo mamãe para passar um tempo comigo, como prometido. Aproveitei para leva-la até onde se encontravam seus outros filhos para que pudessem vê-la, as noras e os netos conhece-la. Aquele momento foi único para todos nós. Ela se encontrava totalmente alheia à realidade. Perdeu a noção do mundo a sua volta depois do choque sofrido durante nosso despejo na vila de forma brutal e a prisão de papai foi o que mais contribuiu para sua demência mental.

Na realidade, o que não sabia era que ela nunca esteve sendo bem tratada num bom hospital na capital como a infeliz de minha tia havia me garantido, isso eu descobriria mais tarde e ficaria ciente da real situação de minha pobre mãe. Passados os dias de visita Izabel mandou que a levassem de volta e me incumbiu de administrar o prostíbulo, o que passei a fazer de imediato. Ao se espalhar entre os clientes o boato sobre a nova administração dobrou o número de visitantes e a clientela aumentou consideravelmente, rendendo alto lucro para os bolsos ambiciosos da cafetina.

As vezes ser dona de uma beleza extrema nos trazem incalculáveis resultados, bons ou ruins. Poucas semanas após assumir a direção do casarão dois clientes passaram a insistir na ideia de irem para a cama comigo, apesar de muito explicar que dali em diante não estaria à disposição deles para fazer novos programas, assim mesmo eles insistiam e terminaram estranhando-se entre si. O que era apenas uma discussão verbal e sem gravidade se transformou em violência física.

Os dois homens se atracaram no meio do salão e o quebra-quebra terminou num tiroteio que culminou na morte de um deles. Izabel ao ser notificada do ocorrido se fez presente e ordenou que dois jagunços se livrassem do corpo. Como era de praxe naqueles casos, os convidados fingiram nada ter visto, pois como o lugar era clandestino e se tratava de pessoas ilustres de todas as camadas sociais que vinha da capital e de outros Estados para ali se divertirem, preferiam não se arriscar a serem descobertas pelas autoridades.

No período que assumi o prostíbulo muita coisa já havia mudado, a prostituição de menores era uma das coisas que tinha sido extinto, com a modernidade despontando e a tecnologia ao alcance da mão Izabel temeu ser denunciada e passou a ser madame de puteiro com mulheres adultas a continuar sendo aliciadora de menores como fez no passado.

A maioria das prostitutas eram oriundas das antigas crianças, como eu, que foram sequestradas, compradas e escravizadas ali décadas atrás. Um ano depois de concordar em assumir o prostíbulo já tinha realizado atos que merecia aplausos de meus subalternos. Fiz uso de uma grande área de terra localizada a uns quinhentos metros de distância de onde estávamos para a construção de várias casas em alvenarias para nossos empregados morarem com suas famílias, foram construídas cerca de cinquenta casas e entregues aos novos donos, inclusive aos meus três irmãos, que saíram dos canaviais e passaram a morar bem mais próximo de mim e com mais dignidade.

Tudo aquilo podia ser feito, mas Izabel era miserável ao ponto de negar melhorias na vida de seus subalternos, então não medi esforços para melhorar suas formas de vida. Aumentei o salário dos trabalhadores e passei a trata-los com mais respeito, claro que a cretina de minha tia rosnava como uma leoa braba por cada centavo gasto, mas se me entregou o poder sobre seus bens deveria aceitar em silencio, ainda mais depois de ter mandado seu advogado lavrar o testamento definitivo que me dava pleno direitos sobre tudo o que possuía. Mas, eu deveria ter desconfiado de tudo aquilo a mais tempo, da mudança repentina de uma mulher maligna como aquela. Ela não apenas me entregou tudo o que tinha de mãos beijadas como aceitava passivamente minhas decisões.

Seria apenas pelo fato de ter me colocado como principal herdeira no seu testamento? Não, certamente havia mais coisas por detrás disso e meu erro foi não me importar com minha intuição, que nunca falha, deveria ter investigado. Durante os meses que assumi seu lugar no puteiro ela só viajava, com a desculpa de está resolvendo a compra de um imóvel na capital para onde pretendia mudar em breve, se dizia interessada em viver seus últimos dias de vida por lá. Vicente, seu amante, que era casado e morava em Fortaleza a muitos anos confirmava sua versão. E isso me fez dar crédito a sua história. Certo dia ela aparece inesperadamente para se despedir e comunicar sua mudança definitiva.

Disse que tudo ali passaria a ser exclusivamente meu e que não daria mais notícias, todos nós festejamos pela saída da senhora do chicote do sertão e passamos alguns meses em paz, até que uma bomba explodiu e consumiu a boa vida que imaginamos ter conquistado. Como aconteceu anos atrás, quando fomos surpreendidos pelas autoridades no vilarejo e informados sobre a necessidade de abandonar nossas casas mediante uma ordem de despejo expelida pelo governo, fomos surpreendidos por quatro homens à procura de Izabel.

Eles se identificaram como oficiais de justiça, acompanhados de vários policiais, com mandatos nas mãos que lhes davam plenos poderes para revistar toda a casa, confiscar os bens e prender a proprietária do ambiente sob acusação de estar traficando drogas, mantendo mulheres em cárcere privado, aliciamento de menores e ocultação de cadáveres nas imediações da propriedade. Pega de surpresa nada soube dizer ou fazer diante das acusações, de certa forma verdadeiras, com as quais as autoridades se apresentaram.

Toda a propriedade foi alvo de intensa investigação, haviam peritos por toda parte, desde o início e fim das terras á procura de provas que nos incriminassem. Acontecia que com toda a facilidade de acesso pelos meios de comunicação pessoas com sede de vingança passaram a chantagear Izabel, eram mulheres que haviam sido vítimas da escravidão sexual nos tempos de infância no casarão e que, depois de adultas partiram, mas usaram de astúcia e tiravam proveito da situação.

Forçaram a antiga cafetina a lhes pagar altas quantias em dinheiro para não lhe denunciar e por isso foi que, cansada das chantagens, a desgraçada passou a batata quente para minhas mãos e caiu fora depois de um tempo. Sem causar desconfianças, se safando das possíveis denúncias e escapando ilesa da prisão, e quem ficou de laranja em tudo aquilo fui eu, que não tinha a menor chance de provar o contrário do que diziam os acusadores, pois de fato tudo era a mais plena verdade.

Durante décadas ali havia sido um local onde crianças foram mantidas cativas e entregues a pedófilos que vinham de todas as partes realizarem suas fantasias sexuais com meninas e meninas, eu mesma fui vítima daqueles abusos, como negar? Por vários dias os policiais e peritos vasculharam tudo, os clientes presentes na hora da abordagem foram detidos, o cadáver de desovado nas imediações da propriedade foi localizado, eu e as demais mulheres que atuavam como prostitutas também fomos presas, o local fechado, os funcionários dispersos, era o fim!

A mídia noticiou o ocorrido, falavam sobre ter sido descoberto um antro de prostituição e aliciamento de menores em pleno sertão nordestino, minha cara foi estampada nas primeiras páginas das principais revistas e jornais por todo o país, fui entrevistada, caluniada, considerada uma das mais vis criminosas desta nação, depois julgada e condenada a vários anos de prisão, jogada numa penitenciaria feminina e deixada ali para apodrecer até que por misericórdia a morte me tirasse de tamanho inferno.

Mais uma vez a maliciosa irmã de meu pai agiu astutamente, escapando da merecida punição pelos muitos erros que cometeu, lançando sobre mim, uma inocente, a cobrança por seus inúmeros crimes, pois para a justiça o que realmente conta são as provas concretas e quem foi flagrada com a mão na massa fui eu e não ela. Durante o julgamento tentei como defesa contar ao juiz e seu júri toda a minha história;

Desde o momento em que fui levada ao casarão que serviu como cativeiro para mim e muitas outras crianças da mesma idade, por vários anos, até aquele instante em que fui presa. Tinha a esperança de que se comovessem com meu sofrimento e fosse liberada, mas nada adiantou e o resultado foi receber a pena de quinze anos de prisão em regime fechado, sem direito a apelação por parte da defesa, mesmo com o testemunho a meu favor de algumas prostitutas e antigos empregados de Isabel, ela se livrou das acusações e fiquei encarcerada em seu lugar.

Foi tudo devidamente planejado pela maldita aliciadora de menores e seu amante, que era um homem muito rico e influente, comprou advogados e o juiz para que apesar das evidencias que apontavam para Izabel ela se safasse das acusações e eu fosse o bode expiatório. Dado a sentença fui encaminhada de imediato ao presidio feminino de segurança máxima localizado no Estado da Paraíba, onde permaneceria por uma grande parte de minha maldita existência. A viagem da capital para o local de detenção se deu ao meio dia de uma sexta feira no primeiro mês de inverno. Dessa vez eu não iria poder ficar debruçada sobre a janela observando o cair das gotas de água sobre as plantas do quintal nem sentir o assobiar dos ventos passando por entre meus cabelos.

Não poderia seria possível admirar a firmeza da jaqueira nem a beleza da faveira com suas cores coloridas e presas a suas raízes profundas, cujos galhos dançavam no embalar da tempestade. Pelo menos não teria que reviver os dez piores anos da minha vida nem ser rasgada por um pedófilo. Tão pouco seria forçada a praticar atos imorais e vergonhosos com os muitos amantes do casarão novamente. Durante todo o trajeto me mantive de olhos fechados e apenas revivia meu passado como se assistisse a um filme, desde minha infância ao lado de meus pais e irmãos no pacato vilarejo onde nasci até o exato momento em que, algemada pés e mãos, era levada como uma criminosa rumo ao convívio com a escória da sociedade

Quem deveria estar ali, sendo tratada daquela maneira era a verdadeira culpada por tudo de ruim que foi praticado contra aqueles inocentes, mas a vida nem sempre é justa, como dizia Vó Chica. As pessoas de bem sempre pagam pelo mal que os injustos praticam, por mais que digam ser as pessoas honestas a parte mais forte, a luz parece perder para a escuridão. Chegamos na casa de detenção e ao se abrirem os portões fomos conduzidos para o interior da prisão, éramos em números de sete pessoas, ao descermos do veículo fomos recebidos de forma hostil pelos guardas.

Todos de arma em punho, como se de alguma forma pudéssemos ser perigosos ao ponto de lhes causar algum mal. Nos levaram para uma ala nas partes mais baixas do local. Um subterrâneo cheio de celas e nelas muitos prisioneiros que mais pareciam ratos dentro de um enorme e fedido esgoto, sujos, completamente abandonados, suas roupas não passavam de farrapos e tinham seus corpos cobertos de lama.

Nós seríamos os próximos na lista dos esquecidos naquele buraco de onde certamente jamais sairíamos, a não ser que acontecesse um milagre do qual ninguém ali mais esperava. Quando tudo na nossa vida começa a dá errado e só os poderosos se saem bem, apesar das maldades que cometem, perdemos a fé e a esperança de dias melhores se desfazem. Sem nada dizer os carcereiros nos empurraram estupidamente para dentro das celas.

Uma de nós em cada uma delas, e passaram a chave. O local era escuro e úmido, ouvia o grunhido dos ratos que corriam de um lado para o outro, vindos dos muitos bueiros existentes naquele buraco. Uma vez ao dia recebemos uma comida que mais parecia uma gororoba preparada para porcos, que nos era empurrada por debaixo da larga e forte porta de aço que nos prendia no cárcere e separava do corredor de onde ouvíamos os gritos dos outras detentas. Pareciam estar enlouquecidas por terem ficado tanto tempo trancados naquele inferno sem verem a luz do sol e devido a constante sujeira espalhada em torno delas.

O lugar era uma verdadeira podridão. Cheio de lixos e entulhos, além do que fazíamos nossas necessidades fisiológicas num vaso velho imundo, amarelo pela ferrugem de uma água sem nenhum tratamento que era conservada num depósito a muitos anos sem limpeza e com toda certeza contaminada de propósito para causar a morte das prisioneiras, visto que não era projeto da justiça devolvê-los à sociedade. Resumindo, estávamos ferradas, destinadas a apodrecer juntamente com o lixo espalhado por cada uma das alas da cadeia.

E até o momento eu não tinha a menor ideia de como escapar daquele poço onde satanás pendurou as botas. Isoladas em nossas celas só ouvíamos o zumbido dos grilos. O grito assombroso das presas mais antigas e a visita constante da insônia, por ser impossível conseguir dormir num chão frio e lamacento como aquele. Com baratas e ratazanas passando por cima de nossas pernas, sem uma cama decente, rede ou pelo menos um papelão seco onde recostar a cabeça, um segundo ali parecia toda uma eternidade. Minha estadia naquele lugar de tormento demorou doze meses.

Até que me transferiram para uma ala superior, onde aos presos pelo menos era permitido tomar banho. Estava magra, suja, fedendo a esgoto e pude ir ao banheiro me lavar, tive que fazer isso sozinha porque as outras presas não suportavam meu fedor. A ordem para ser retirada da vala imunda foi dada por alguém que eu não conhecia, um protetor anônimo, foi uma das carcereiras quem me alertou disso. Fiquei grata e aliviada pela oportunidade de pagar minha pena de forma mais justa, afinal era inocente das acusações que recaíram sobre meus ombros.

Mas, no fundo me preocupava com o fato de ter que viver em dívida permanente com uma pessoa desconhecida. Bom, mas àquela altura do campeonato deveria ser o menor dos meus problemas, pois apesar de estar na minha primeira condenação não era preciso ser um gênio para saber que o perigo rondava por cada um daqueles corredores.

E a morte seria o castigo para uma mulher que, segundo foram informadas as demais condenadas que ali se encontravam, aliciava menores por dinheiro. Se alguém pôde corromper os guardas para me tirarem do buraco fedorento em que fui colocada a princípio, como outros não poderiam fazer a mesma coisa para que alguma das presas agisse traiçoeiramente, tirando minha vida? Passei a fazer uso de todas as minhas percepções possíveis para evitar que fosse pega de surpresa, qualquer uma que circulavam por perto na hora de ir ao pátio tomar banho de sol, no refeitório e até mesmo no banheiro eram suspeitas. Os dias se passavam sem qualquer problema. Isso me deixava mais preocupada, pois, habitando dentro do inferno e não ser vítima de traições e armadilhas do diabo era algo impossível.

Mas, como era de se esperar, minha saída do poço de fedor em que me encontrava não tinha sido uma atitude de misericórdia por parte de alguém que simpatizava comigo, e sim de quem preferia me ver morta do que simplesmente atrás das grades. O objetivo foi me transferir para uma ala onde ficasse exposta e vulnerável para que se tornasse presa fácil nas mãos de possíveis assassinas. A ideia era que durante alguma confusão previamente armada fosse vítima fatal daquelas criminosas, com certeza contratadas para executar minha morte. Mas, o que não imaginaram é que por ter me tornado vítima de tantas traições no decorrer da caminhada aprendi a ficar alerta e desconfiada.

Sem dúvida não iria ser uma tarefa fácil me pegar de surpresa, mas o que me assustava era imaginar a forma como tentar me apagar, se enquanto dormia, no banho, no refeitório... Bom, não importava, o destino me lançou num labirinto cheio de monstros decididos a me destruir. Onde cada um deles correspondiam aos inimigos que me cercavam e planejavam me matar. Precisava encontrar uma forma de me manter viva pelo tempo necessário até encontrar uma maneira de sair dali. Devia haver uma forma de escapar sem a necessidade de contar com ajudas internas ou externas, e bem rápido...

— Bom dia patroa, dormiu bem? Vim lhe conduzir para tomar seu café da manhã

— Mas que droga, nem no meu próprio quarto tenho sossego? Preciso dormir um pouco mais, por favor se retire dos meus aposentos, Rosilda, mais tarde tomarei meu café

— Nada disso, pessoas de sua idade precisam se alimentar na hora certa, deixe de moleza e vamos logo levantando dessa cama, mulher

— Diabos, mulher, me deixe dormir só mais uma horinha!

— Tá certo, dona Mercedes, mas se o Dr. Gilberto reclamar me defenda diante dele pelo amor de Deus, pois não quero perder meu emprego

— Está bem, farei isso, agora me deixe em paz

Capítulo 3 – A Fuga

Como todas as manhãs, nos reunimos num amplo salão próximo a cozinha onde geralmente fazíamos nossas refeições. Logo que cheguei ali percebi os olhares impiedosos de minhas companheiras e senti um arrepio na espinha, era o sinal de alerta dado por meu subconsciente de que algo não ia bem e que deveria estar em alerta. Cada uma de nós estávamos de pé para receber na cantina nosso café matinal, estrategicamente escolhi o final da fila para evitar surpresas desagradáveis, pois só Deus sabia o que estava prestes a acontecer. Recolhi minha bandeja enquanto todas as demais mulheres foram para as mesas espalhadas pelo local. Sempre me fitando seriamente como se desejassem me esganar.

Optei em sentar-me numa cadeira com mesa de frente para elas e com a costa voltada para a parede afim de evitar algum tipo de ataque surpresa, pois percebia nas criminosas o desejo de sentir o sabor de meu sangue quente nas suas mãos. Levava o pão murcho e azedo à boca, ingerindo junto um gole de café morno quase sem piscar para não vacilar e ter minha garganta cortada a qualquer segundo de distração, atenta a todos os seus movimentos e preparada caso decidissem atacar. Aproveitei a guardei no bolso do macacão amarelo de presidiaria o garfo de plástico que veio junto com o pedaço de bolo.

Mesmo sendo frágil dava para enfiar nos olhos de uma das vadias. As pilantras eram muitas, em número de vinte ou mais, poderiam saltar em cima de mim e em poucos segundos me deixar em picadinhos, mas assim dariam na vista que tinha sido a mando de alguém, um crime encomendado pelo pessoal lá de fora. E isso iria complicar muita gente, principalmente peixes grandes como a diretora da casa de detenção, os carcereiros e tudo o mais que teriam de dar explicações ao pessoal dos direitos humanos.

Esperei pacientemente que se afastassem, em seguida segui rumo ao amplo pátio onde nos reuníamos para o costumeiro banho de sol. Lugar extremamente perigoso, pois todas ficávamos expostas e sem a menor segurança. De repente uma das mulheres que estavam de pé ao lado da parede em que me encostei cai e fica se tremendo toda enquanto saia de sua boca muita espuma, parecia está tendo uma convulsão, como era a mais próxima não pude me negar a prestar-lhe socorro.

Ainda agachada, tentando manter sua cabeça erguida enquanto pedia socorro para as carcereiras, o que de nenhuma maneira aconteceu, senti uma forte pancada na nuca que me expeliu ao chão. Atordoada não conseguia levantar, pois recebia vários chutes e pontapés por todas as partes dados pelas mulheres que de antemão me comiam viva com os olhos durante nossa estadia no refeitório. Fui terrivelmente espancada e tive várias fraturas pelo corpo sem esquecer as furadas com algo afiado nas costas e num dos braços.

Deixaram-me estirada ali no chão agonizando até que vieram me socorrer. Tudo não durou mais que um a dois minutos, foi uma ação planejada e rápida para que não se soubesse ao certo de onde partiu a agressão e uma falsa história fosse criada para lançar sobre mim toda a culpa do ocorrido. Fiquei por dois dias na enfermagem e fui advertida por Helena, uma negra alta, musculosa e cheia de tatuagens que atuava ali prestando os primeiros socorros em casos como aquele.

Para evitar ficar exposta demais diante das inimigas que conquistei na casa penal, porque ficou evidente ser a intenção delas tirarem-me a vida. Passado o risco fiquei grata aos céus por não ter sido quebrado nenhum de meus ossos e as furadas não serem profundas ao ponto de atingir algum órgão vital, caso contrário teria virado presunto. Acontece que teria de retornar para a cela e voltar ao convívio diário com as bandidas que por alguma razão queriam meu sangue.

Fiquei ciente por uma das responsáveis pela guarda das celas que a mulher apenas teria fingido entrar em crise para que eu me descuidasse e as outras covardemente me atacassem, como realmente aconteceu. Ela ingeriu dois comprimidos feitos de uma substância que cria espumas no contato com a saliva para que eu pensasse ser um caso de grave de saúde e fosse ajuda-la, como de fato fiz, permitindo que me surpreendessem. Me indaguei como alguém poderia ter um coração tão péssimo ao ponto de tramar um plano maléfico como aquele contra uma pessoa inocente que nunca fez mal a ninguém. Que só queria poder viver em paz, e não encontrei resposta para tamanha crueldade.

Me colocaram numa cela isolada, afastada das outras em que se encontravam as mulheres que me atacaram e na mesma ocasião fomos todas levadas até a presença da diretoria da casa penal para darmos explicações sobre o ocorrido e não perdi a chance de denunciar as delinquente e o plano de me tirar a vida elaborado por todas elas, pois confiei que aquela mulher gordinha, de semblante humilde e aparente bom caráter iria no mínimo acreditar na minha história e me transferir para outro lugar bem longe do perigo que rondava meus passos naquele covil de abutres, porém, como sempre quebrei a cara ao depositar minhas esperanças na pessoa errada, jogaram a culpa toda sobre mim.

— Quero lhe deixar bem claro que não irei mais admitir esse tipo de comportamento dentro do meu presidio, mocinha, aqui não é a casa da mãe Joana onde pode fazer o que bem quer.

Da próxima vez serei mais rígida na sua punição, não tratarei com palavras a sua insubordinação, estamos entendidas?

— Mas que droga, senhora, eu sou a vítima aqui, essas cretinas armaram para cima de mim e me espancaram sem nenhum motivo, sequer eu às conheço

— Não me chame de senhora, aqui dentro sou sua diretora, entendeu? E não se faça de rogada, todos que presenciaram o acontecido afirmam que foi você quem provocou as outras prisioneiras, batendo violentamente numa delas ao ponto de ela vir a desmaiar

— Mas que porcaria de conversa é essa, como pode acreditar nessa versão distorcida dos fatos, quando foi a mim que elas pegaram de surpresa e espancaram sem me dar a menor chance de defesa? Olhe como me encontro, toda machucada e com duas perfurações no meu corpo, por acaso alguma dessas desgraçadas possuem alguma marca de espancamento?

— Cale-se, sua atrevida, como ousa querer se inocentar das acusações diante de uma multidão de testemunhas que viram e afirmam que estas mulheres somente a espancaram devido a atitude covarde que tomou contra uma das suas amigas? Você, mocinha, não passas de uma vadia metida a gostosa que chegou aqui se achando a tal, pensando que pode se impor e ditar suas regras, mas os tempos de vacas gordas já passaram, os pedófilos que enchiam teus bolsos de dinheiro em troca de crianças indefesas não estão mais aqui.

— Sua velha louca, não sabe o que diz! Com certeza está no mesmo esquema que estas outras, sendo pagas para tirarem minha vida, mas saibam que me matar não será uma missão tão fácil como pensam!

— Chega de perder tempo com essa inútil, levem ela para o isolamento, lá ela vai ter bastante tempo para refletir em todo o mau que praticou contra aquelas pobres crianças. E vocês, de volta as celas, agora!

Depois de ter ouvido as explicações de ambos os lados a corrupta diretora da casa penal escolheu jogar sobre meus ombros o pesado fardo da acusação, inocentando as verdadeiras culpadas. Claro que tudo aquilo não passou de uma encenação, foi tudo planejado com antecipação, com certeza elas já estavam habituadas a agirem daquela maneira com quem chegasse ali marcada para morrer. E quantas mais, além de mim, passaram por situação semelhante e não escaparam de serem silenciadas para sempre? Mas comigo a coisa seria diferente, dessa vez aquela gorda ordinária e suas assassinas encontrariam o fim que mereciam.

Me arrastaram rumo a um quarto escuro localizado no final do imenso corredor, como a miserável ordenou, me jogaram bruscamente ali dentro como se fosse um saco de merda ou de outra porcaria qualquer, sem o menor valor. Meu braço e a perna ferida pelos golpes ainda doía, deveria ser levada de dois em dois dias até a enfermaria para refazer os curativos. Mas já que isso não seria mais possível o jeito era torcer para não contrair uma infecção e acabasse por ter um dos membros amputados, porque se inteira não fui capaz de evitar o ataque de minhas inimigas, quanto menos se ficasse com um a menos, melhor seria cometer logo suicídio.

Isolada num cubículo que media apenas três metros quadrados e sem nada além de um vaso sanitário com uma pia mais antiga do que o primeiro aniversário do dono dos infernos, nada restava a fazer ali do que deitar, fechar os olhos e voltar no tempo em pensamentos, revivendo um passado com poucas lembranças agradáveis para recordar.

Uma infância cercada de extrema pobreza e miséria oriundas da maldita seca do sertão que batia na porta dia e noite nos forçando diversas vezes a pensar em desistir de tudo e sair mundo a fora em busca de outros meios para sobreviver, mas como o povo nordestino tem calibre forte e nunca desiste ali permanecemos sem recuar. Podia rever nas imagens guardadas no meu subconsciente cada detalhe da nossa casa simples, humilde, feita de barro e pedras, coberta de palhas secas tiradas das palmeiras de babaçu.

As outras crianças do vilarejo, nossas brincadeiras e as peraltices que sempre praticávamos e que na maioria das vezes resultavam em sérios problemas para nossos pais. Lembrei de meu pai com meus três irmãos acordando ao cantar do galo para irem ao roçado, o cuscuz de milho preparado por mamãe e vó Chica para tomarmos com aquele café caseiro, torado na panela, pisado no pilão e coado no saco de pano.

As tardes que chovia forte, quando o inverno resolvia aparecer e o quanto eu adorava o frio. Como gostava de ficar debruçada na janela, vendo os pingos de água saltando sobre as folhas das árvores, enquanto os pássaros cruzavam o vazio do espaço existente entre um pingo e outro, que somente eles eram capazes de perceber. A jaqueira lá no fim do quintal com seu tronco enorme e seus galhos volumosos, seus frutos carnudos e exuberantes, sem esquecer minha admirável faveira e suas flores perfumadas. Como ficou tudo aquilo?

O que restou do muito que existia no pequeno espaço onde nasci? Mais uma vez o mal venceu o bem e quem nada de ruim fez fracassou, meu pai foi preso e nunca mais tive dele qualquer notícia, estaria vivo ou será que a morte já teria ceifado sua droga de vida? Como estaria minha mãe, curada e com saúde?

Teria morrido naquele lugar horrível onde se fica cada vez mais louco ou, quem sabe, tivesse condenada a passar o restante de seus dias, presa a uma cadeira vegetando numa cadeira, olhando para o nada como se esse nada fosse a única coisa que lhe restou? Como estariam meus irmãos, suas esposas e filhos que deixei para trás ao ser presa sem ao menos ter a chance de me despedir? Tive a mesma maldita sorte de meu pai que levado pelos policiais corruptos sequer teve a oportunidade de dizer adeus, não beijou a esposa nem abraçou seus filhos.

Partiu sem segurar nos braços sua filha caçula que de certa forma jamais voltaria a ver. A verdade é que todos nós morremos queimados naquele incêndio que consumiu nossas casas no vilarejo, minha mãe, papai, eu e meus irmãos, assim como todos os moradores da vila se foram na fumaça produzida pelas chamas que destruía o pouco que possuíam. Os responsáveis pela destruição de nossos lares não atearam fogo apenas nas palhas secas de nossos barracos, queimaram junto nossas almas.

Afinal, o que é o homem sem sua família e aquilo que ele pode lhes oferecer? Foi isso que levou meu pai e os demais homens a confrontar os militares que chegaram nos expulsando de nossas terras, ali estava tudo o que eles tinham conseguido fazer e construir com o suor de seus rostos, trabalhando sol a sol, para que depois de partir deixar seus filhos e esposas em segurança. Não podiam simplesmente assistir à destruição do muito do pouco que construíram passivos, sem qualquer reação.

Será que se as coisas invertessem aqueles policiais não fariam a mesma coisa em defesa dos seus bens e em favor de seus familiares? E quando pensei que finalmente surgia uma luz no fim do túnel capaz de nos devolver pelo menos uma pequena parte do que perdemos para que tudo voltasse a ser como era antes, descobri que minha caminhada rumo ao inferno só estava começando, definitivamente era uma pessoa que tinha enfiado o pé na jaca podre ou pisado em excrementos de porcos, ou seja, um ser completamente azarado e sem a afeição de Deus ou do destino.

De tanto sofrer sem encontrar um ombro amigo para recostar a cabeça e chorar minhas desventuras acabei perdendo a fé em milagres, num ser eterno e poderoso que de repente surgiria para me libertar de tamanha maldição. Vó Chica que estava certa ao dizer que a sorte somos nós quem fazemos acontecer, não tem essa de uma força maior sair na nossa frente abrindo portas e endireitando o caminho por onde vamos passar, é necessário levarmos nas mãos algo bem afiado para abrirmos veredas.

E com isso possamos caminhar, como verdadeiros desbravadores, rompendo as florestas de obstáculos que certamente iremos encontrar durante a longa trilha que a percorrer. Desde cedo aprendi a ser realista, parei de sonhar bem antes da idade certa para amadurecer, não fui digna de merecer ter as ilusões de criança por muito tempo nem viver as fantasias que toda menina deve ter. Ainda nem havia chegado aos trinta anos e olhem só onde parei, dentro de um cubículo escuro.

Tão apertado que mal dava para me mover. Isso porventura não era uma prova definitiva de total abandono por parte dos poderes superiores e divinas? Ou ainda restava no que se apegar para crer que tudo aquilo iria passar assim, num estalar de dedos, como num passo de mágica? Sim, era isso mesmo que iria acontecer muito em breve e para minha surpresa o Deus que acreditei ter me abandonado abriria portas, romperia cadeados, causaria tremores.

Lançaria até raios e trovões só para me defender e provar que nunca estive sozinha, mas isso seria mais adiante. Por enquanto ainda continuava no mesmo lugar escuro, frio e apertado que foi minha morada por quarenta e oito horas e meu alimento apenas água de torneira, morna e certamente escorrida de um canto imundo qualquer, algo com o qual já estava começando a me acostumar. Após cumprir o período de confinamento determinado pela autoridade se abriu a porta de aço e voltei a ter luz no meu olhar já adaptado com a escuridão. Fui novamente conduzida até a enfermaria e em seguida devolvida a antiga cela.

Só que dessa vez houve uma mudança, colocaram a pior de todas as condenadas bem na minha frente, lado a lado no mesmo espaço, era matar ou morrer. Aquilo nem na china iria dar certo, fizeram de propósito para que nós duas nos matássemos ali dentro, pois desde que nos encaramos pela primeira vez eu e Nega Buba não fomos uma com a cara da outra, foi antipatia a primeira vista e a diretora estava ciente disso.

Pois nos colocou juntas na mesma cela e aguardava a notícia de que a adversária teria cumprido sua missão de tirar minha vida. O pior de tudo era que eu não iria ter o mínimo de condições físicas para encarar aquela marra de mulher que mais parecia um poste de tão alta, sem contar que possuía uma força descomunal, perto dela não passava de uma formiga a encarar um elefante numa briga.

Havia um silêncio total no corredor da ala em que estávamos e aquilo não parecia algo normal, visto que geralmente a mulherada costumava fazer muito barulho, batendo nas grades para chamar a atenção das guardas e delas pedirem alguma coisa, um cigarro ou outra coisa do tipo. Nenhuma ala de penitenciaria é silenciosa, há sempre quem decida fazer alguma bagunça. Por esse motivo de imediato entendi que tinham retirado as outras mulheres das celas e só restaram nós duas ali, para nos estrangularmos, quem fosse mais agiu que se conservasse viva, porém a sentenciada para morrer era a trouxa aqui, que se deixou enganar pela vadia da tia com o papo mole de herdeira.

Sim, de fato herdei mesmo uma terrível herança, a maldita sorte de entrar pelo cano e terminar meus dias nas garras de uma assassina terrível como aquela. Que com certeza não teria a menor compaixão e me rasgaria ao meio em troca de conquistar o respeito da diretora, uns cigarros de maconha e a garantia de que nada de ruim lhe aconteceria, teria imunidade total ali dentro.

Na realidade já possuía as costas quentes, percebi quando vi a bagagem que ela demonstrou ter com a comandante, sem dúvida conquistou aquilo tirando muitas vidas inocentes a mando da vadia e agora era minha vez de ter meu sangue derramado A distância que havia entre nós era de apenas dois metros e meio, não tinha como evitar o confronto ou fugir de suas garras. Senti gosto do sangue se espalhando dentro da minha boca depois da tapa que levei por cima das bochechas, que de tão forte me lascou sobre o piso imundo da cela. Fui arremessada igual um saco de esterco, batendo fortemente com a cabeça numa das paredes de concreto de onde não conseguia me levantar, a infeliz ainda me chutava com uma ira demoníaca.

E dava fortes pisadas nas minhas costas e costelas, quando girava pelo chão pelo impacto de seus golpes. Por mais que gritasse socorro ninguém parecia estar interessado em me prestar ajuda. Apanhei feio da horrenda mulher decidida a me matar, somente o eco de meus gritos rompiam o silêncio proposital e criminoso. Depois de tanto me espancar a cruel carrasca me arrastou pelos cabelos até às proximidades das grades e com intenso ímpeto esmurrava meu rosto sem pena até deixar meus olhos esbugalhados de tanto inchaço.

Vi naquele instante a vida deixando meu corpo e minha alma se afastando dali, foi a primeira vez que experimentei a sensação de ir para o outro lado. Porém, como ainda não era minha hora definitiva de partir chegaram próximo as grades duas agentes prisionais tão fortes quanto a agressora e, abrindo-as, afastaram a assassina com armas em punho e me resgataram. Não sei de onde veio a ajuda, mas chegou no momento oportuno, caso contrário não estaria hoje aqui, relatando esta história de intensa dor e sofrimento pela qual passei.

Pela terceira vez me levaram a enfermaria da unidade prisional para que fossem reparados os estragos causados pelos ataques das outras condenadas contra mim, aquilo já havia virado rotina e não sabia até onde iria parar com tanta surra. Dessa vez a coisa ficou feia, não se tratava apenas de umas escoriações aqui e ali, um olho roxo ou arranhões pela pele, o espancamento resultou em duas costelas quebradas e uma complicação nos pulmões que quase me impedia de respirar. As enfermeiras advertiram a gorda que dava as ordens sobre a necessidade dela me conseguir um atendimento médico mais de acordo com minha atual situação ou correria o risco de uma grave infecção me levar a óbito, mas isso pouco importava para ela.

Porque era exatamente aquela a intenção desde o começo. O plano era garantir que eu nunca mais saísse dali, mas acontece que se do lado de fora tinha quem me quisesse a sete palmos de terra, também existia um anjo protetor que lutava pela minha liberdade e foi ele quem de alguma maneira conseguiu comprar a fidelidade de algumas policiais para manter minha integridade física dentro da cadeia até que pudesse me resgatar de lá.

As duas que impediram nega Buba de terminar o serviço encomendado eram parte do esquema, além delas haviam as enfermeiras e alguns guardas que garantiam a constante vigilância no local. Não conhecia a pessoa, nem fazia ideia de quem pudesse ser, mas não ligava, o importante era poder contar com sua ajuda. Fiquei por dentro da situação enquanto tratava os ferimentos na enfermaria.

Fui informada que tão logo me recuperasse das lesões mais graves surgiria a oportunidade de sair da prisão pela porta da frente e não deveria recuar, pois a chance seria única e definitiva. Se caso permanecesse na penitenciária por mais tempo acarretaria em morte. Não precisava me dizer mais nada, tudo certo, toparia qualquer coisa desde que me tirasse daquele inferno. Claro que não seria ingênua ao ponto de pensar que tudo ocorreria com a maior facilidade. Além disso, desde quando alguma coisa na minha maldita existência foi fácil? Sabia que a pior parte da história que o destino escreveu para mim ainda estariam por vir, então fui logo me preparando para encarar seja lá o que fosse e de qualquer jeito que viesse, queimando ou fervendo.

Um médico veio da capital recomendado pela promotoria responsável pelo meu caso e autorizado pela justiça afim de acompanhar meu tratamento. Isso porque um advogado que surgiu de repente como meu defensor informou as autoridades sobre o ocorrido na casa penal e exigiu tal procedimento para que sua cliente viesse a gozar de seus direitos garantidos por lei, que dizia ser por direito manter a integridade física dos detentos nas casas prisionais brasileiras.

Bem, pelo menos naquela época era assim, a mais de quarenta e oito anos atrás. Não sabia ao certo quais as reais intenções de meu anjo da guarda, com certeza me levar pro céu não seria, afinal vinha tentando retardar minha morte. Mas se tudo o que fez foi por causa da minha beleza estaria perdendo tempo, porque depois de tanta surra estava deformada, se passaram trinta dias após a surra, foram feitos vários exames e tomei tantos antibióticos que estourei o fígado, pelo menos a melhora dos machucados era visível.

Chegou o momento da fuga que haviam preparado para mim, porém não sabia ao certo como se daria meu escape, visto que permanecia enjaulada entre três paredes e uma grade com barras tão grossas que pensar em arrebentá-las seria pura idiotice. Mas, não, a forma como sairia daquele lugar infernal seria como haviam me falado antes, pela porta da frente e sem nenhuma legião de policiais em minha perseguição. Recuperada da pancadaria recebi a tarefa de começar a trabalhar na lavanderia, aquilo fazia parte do esquema para me tirarem da cadeia. Não era burra nem nada e logo me toquei que algo estaria acontecendo e deveria ficar em alerta.

Numa das manhãs enquanto fazia meu trabalho me passaram a informação de que a noite um carro do tipo baú viria deixar uns materiais para uso na lavagem de roupas e que seria a chance de meu escape. A ideia seria sair da penitenciária no furgão sem ser notada pela guarda, o que parecia uma coisa bastante complicada pelo fato da vigilância ser intensa. Nada entrava ou saia sem que fosse devidamente fiscalizado.

A pergunta que não queria calar na minha mente era como sairia dali dentro de um veículo se ao passar pelos portões seria feito uma revista de tal maneira que ficar oculta tornava-se impossível, os riscos eram tremendos. Entretanto, um plano rigoroso tinha sido feito para minha fuga e haviam pessoas prontas para facilitar minha passagem pelos portões. A revista foi feita como de praxe.

Porém sem acusar minha presença dentro do veículo, que saiu tranquilamente em direção a uma propriedade localizada a um dia e meio de viagem dali, na fazenda de um velho conhecido. Era o pai de Ricardo que após a morte de seu filho, assassinado por minha malvada tia ao nos capturar quando tentávamos escapando do casarão, traçou um plano de vingança contra ela. Foi ele, Rogério Sena, o responsável pelas denúncias feitas pelas prostitutas que levaram as autoridades a irem até o prostíbulo efetuar o flagrante, mas não era sua intenção ocasionar minha prisão, o que acabou acontecendo.

No entanto, depois de ter cometido tamanho erro passou a tentar corrigir a injustiça. Ele usou de todas as formas de influência para conseguir me tirar da prisão, e continuar no encalço da verdadeira criminosa, responsável em dar cabo a vida de seu único filho. Ele foi quem me deixou a par de que seria ela quem tinha pago a diretora da penitenciária para providenciar minha morte. Nega Buba e as demais presidiárias só estavam seguindo as ordens da infame para me executar a qualquer custo, talvez se preocupasse com o que poderia fazer caso viesse a ser solta.

Mas, depois de fugir da casa penal como fiz não receberia tal indulto e seria perseguida como uma fugitiva pro resto da vida, mas pelo menos não teria sido assassinada a pauladas e pontapés. Passei vários meses naquela fazenda me recuperando do martírio vivido na cadeia, curando as feridas, sarando os ossos quebrados, sem esquecer do trauma psicológico que fica em quem passa por tal situação. Durante esse período Rogério providenciou novos documentos.

Troquei meu nome e, por fim, fui transformada noutra pessoa para poder recomeçar uma nova história. Durante muitos anos usei uma identidade falsa, somente assim pude me esquivar com mais facilidade de meus perseguidores. O lugar onde fiquei hospedada por um tempo até poder retornar ao convívio na sociedade era lindo, ficava a beira mar, todo final de tarde costumava ir à ribanceira localizada nas proximidades para ver o pôr do sol. Um hábito antigo, desde a época em que não passava de uma fedelha, assanhada e de pés no chão. Ver o horizonte dali era algo impossível de descrever, um verdadeiro oásis, um paraíso que nunca pensei existir na natureza.

Jamais imaginei ter a chance de ver o mar tão de perto, mas acabei por realizar tamanho sonho. Em poucos meses recuperei minha antiga aparência, voltei a ser aquela bela mulher por quem muitos homens se apaixonavam num primeiro olhar, ali fui amada e respeitada como filha por um homem que via em mim a recordação viva de seu filho. Um jovem com futuro promissor que foi morto de forma covarde e impiedosa.

Ele queria completar os propósitos de Ricardo em me tornar uma mulher livre, mas junto punir a responsável por tantas desgraças. A princípio concordei em ficar quieta naquele oásis apenas admirando a natureza, mas já estava na hora de começar a agir. Finalmente pude ir a capital sem o risco de ser identificada como fugitiva e ao lado de Seu Rogério decidi sair à procura de mamãe pelos hospitais de tratamento psiquiátricos em Fortaleza, não demoramos muito a localizar um prédio antigo na periferia onde pudemos confirmar sua estadia ali.

Como haviam nos adiantado as informações adquiridas nos dois últimos locais por onde passamos anteriormente o local parecia está abandonado a bastante tempo, as paredes envelhecidas e cobertas de lodo por toda parte mostravam a triste realidade dos doentes mentais que viviam ali. E o pior de tudo foi contemplar o estado de calamidade em que se encontrava minha pobre mãe, toda desfigurada e aparentando mais idade do que realmente tinha.

Magra, pálida, jogada sobre uma cama feita de ferro e num colchão de espuma tão usado que nem conforto possibilitava mais a doente, partiu meu coração. Ao ver aquilo subiu dentro de mim um ódio imenso, o desejo de fazer justiça em favor dela e de tantas outras mulheres que de igual forma foram jogadas em tal situação.

Com a boa influência de Rogério foi possível removê-la de imediato e levá-la para uma clínica especializada, onde seria de fato tratada como deveria. Então, ciente da atual condição de mamãe que não mais encontrava-se em completo abandono, fiquei tranquila para cooperar no plano de vingança traçado para destruir Izabel, cobrando da maldita o preço de suas maldades. O primeiro passo seria descobrir sua localização, pois até o momento não tínhamos notícias de seu paradeiro, um grupo de homens foram contratados.

Designados a encontrar toda e qualquer informação sobre a maligna mulher que destruiu inúmeras vidas, queríamos colocar as mãos naquela maldita o quanto antes e isso aconteceu mais rápido do que se podia esperar. Isabel residia no Rio de Janeiro e lá teria dado prosseguimento a sua antiga atividade, porém de maneira que não lhe trouxesse graves riscos.

Associou-se a importantes políticos e autoridades que lhe garantiam as condições necessária para atuar sem vigilância. Tornou-se uma grande empresária do crime, comercializando drogas, armas e a promiscuidade de menores para pedófilos das mais altas classes sociais cariocas e paulistas.

Tudo acontecia no mais completo sigilo. Então, o plano seguinte seria ir para a cidade maravilhosa e se infiltrar na quadrilha da criminosa, o objetivo principal era conseguir uma infiltração no bando e de alguma maneira matá-la, mas não de forma tão simples, queria vê-la sofrer e pagar por tudo de ruim que fez a mim e minha família passar. Minha disposição em ir para o Rio dá início ao plano de vingança agradou a Rogério que imediatamente providenciou tudo para isso fosse possível e em poucos dias eu já me encontrava por lá. Um apartamento foi comprado próximo das tantas favelas.

Passei a investigar como conseguir a infiltração, a princípio descobrimos quais os pontos do tráfico eram controlados pela traficante e seu bando, fingindo ser uma dependente de drogas procurei a maneira mais fácil de me infiltrar. Depois de me identificar como propensa compradora de grandes quantidades dos seus produtos fui levada a boca de fumo no interior de uma das favelas.

Era o local onde entraria em contato com o primeiro traficante que certamente me daria a conhecer o caminho para a localização da inimiga. As coisas pareciam está dando certo. O que tornou aquela missão mais fácil foi o fato de ninguém ali me conhecer, passei desapercebida a cada nova investida e ao me relacionar com novos indivíduos rumo ao ponto X da missão, ou seja, o lugar em que ficaria cara a cara com minha tia e acertaria com ela nossas contas. Por detrás do meu agir estava Rogério, financiando tudo, todas as despesas, todos os gastos. Tudo para dar a impressão de que eu seria uma ricaça viciada, querendo gastar tudo com drogas. Logo ela seria informada da nova cliente.

A dimensão de tudo aquilo era bem maior do que podíamos imaginar, ela não se transformou apenas numa traficante comum, mas na cabeça da maior organização criminosa do país, nela atuavam pessoas imensamente poderosas. Todas vindas das mais altas camadas sociais, na verdade aquilo envolvia tráficos não apenas de drogas, mas também de pessoas, do Brasil para todas as partes do mundo. A desgraçada se fortaleceu a tal ponto que seria quase impossível tocá-la. Enquanto pensei está a poucos passos de surpreender a inimiga ela se permanecia a anos luz distante do meu alcance, essa percepção por um momento enfraqueceu minha esperança de cumprir meu objetivo, entretanto me mantive firme e segui em frente, de certo encontraria outros meios para concretizá-lo.

Abdenal Carvalho

Cientes de que nossa inimiga estaria protegida num casulo feito de poder e que controlava praticamente todo o tráfico das principais metrópoles do país, bem como seus representantes políticos e parte da sociedade, nos vimos diante de uma muralha aparentemente intransponível. O que fazer para destruir um inimigo cuja força é mil vezes maior que a sua? Quem diria que aquela cafetina de araque que viveu anos aliciando menores no sertão, morando no meio do nada poderia chegar tão longe.

Se firmando num ponto imensamente alto, quase intocável. Isabel nasceu como eu, nas brenhas da mata e filha de dois caipiras. Como poderia ter se transformado num ser terrivelmente cruel. E, agora, incomparavelmente poderosa? ora, a resposta para tal pergunta era que dinheiro neste mundo é sinônimo de poder e, com ele, se consegue ser e fazer o que quiser. Vó Chica costumava dizer que o dinheiro é um tipo de deus na terra e quanto mais temos atraímos tudo e todos para debaixo de nossos pés, foi pensando nisso que encontrei uma maneira de derrubar a mãe do crime de seu pedestal.

É claro, bastava tão somente usar de estratégia e se igualar a ela em poder, dessa forma poderia muito em breve estar cara a cara com a desgraçada e destruir seu império. Não tinha recursos suficientes para colocar essa nova ideia em prática, mas conhecia a pessoa certa para financiá-la e se tudo desse certo agiria imediatamente. Após um longa e objetiva conversa com Rogério, deixando-o a par de todos os pormenores, sem perda de tempo começamos a agir nesse propósito.

A favela não é muito diferente do sertão, ali se vende um filho, se trai o melhor amigo ou mata-se pai e mãe por droga e dinheiro. Enquanto o sertanejo faz o que for possível para não morrer de fome e sede, o favelado tudo faz para manter seu vício. Sabendo disso recrutamos o maior número que pudemos de voluntários para formar uma nova rede de comércio do tráfico, eram vários os tipos de drogas vendidas nos morros. Sempre pela metade do preço daquelas que os antigos traficantes vendiam antes de iniciarmos nosso negócio.

Como prevíamos, isso gerou certa queda nas vendas da concorrência e vieram com tudo para cima de nós. Deu-se início a uma das maiores guerras entre traficantes já vistas nas favelas do Rio de Janeiro até então, várias facções rivais passaram a se matar, cada uma delas defendendo seu próprio território e nós invadindo sem o menor temor suas áreas para revendermos nosso produto. O pai de Ricardo, meu amigo morto por Isabel, era um homem dono de muito dinheiro e financiava meu projeto. Em pouquíssimo tempo me tornei a princesa do tráfico e passei a comandar um verdadeiro império sob as nuvens turvas do tráfico.

Grandes personagens do crime buscaram me conhecer e fizemos alianças, minha extrema beleza contribuía para uma rápida aceitação por parte dos bandidos que pensavam com isso conseguir conquistar um lugar na minha cama, o que muitas vezes me vi obrigada a aceitar para conseguir meus intentos.

Pretendia nunca mais ter que ir para a cama com alguém que não amasse queria fazer sexo com o homem por quem tivesse paixão, sentimento que nunca senti antes na vida, só ouvia falar. Mas diante da necessidade voltei a abrir as pernas para vários tipos de indivíduos em troca de favores, eram chefes das mais variadas formas de organizações criminosas que haviam se instalado naquela parte dos morros cariocas.

Porque para chegar em tão pouco tempo a altura de minha adversaria eu devia pagar aquele preço, visto que tinha pressa em poder destruir a infeliz. Todos que estavam ao meu redor começaram a duvidar se no final de tudo eu ainda iria ser a mesma mulher de sentimentos e caráter puro de antes, pois aos poucos eles viam essa personalidade ir desaparecendo e em seu lugar surgindo uma outra pessoa. Diziam que me tornei outra pessoa, cheia de ódio nos olhos, impiedosa, e não estavam errados, a menina frágil e meiga do sertão havia morrido durante os tempos que permaneceu enjaulada naquele buraco imundo, onde fui espancada quase até a morte.

Agora quem estava no comando de minha mente entorpecida pela vontade de fazer justiça pelas próprias mãos era uma personalidade sedenta de vingança, louca para matar quem ousasse atravessar meu caminho e tocar naqueles que eu amava. Com meus novos contatos no tráfico passei a obter informações precisas sobre Izabel e de como seria possível uma aproximação sem levantar suspeitas daqueles que faziam sua proteção, porque disso dependia o êxito de minhas intenções.

Comecei a ter um caso íntimo com Luís Carlos, considerado o braço direito da rainha do tráfico no morro do Urubu, onde a comercialização de drogas era a maior de toda a região dominada pelas facções criminosas e ela o tinha numa conta de alta confiança. Sem sequer desconfiar de minhas reais intenções ele baixou a guarda e abriu seu coração, deixando-se dominar pela paixão que seria o fio da meada para minha maior aproximação de sua patroa e destruí-la.

Nos dias, semanas e meses que se passaram fui pacientemente dominando Luís com meus falsos carinhos e promessas de amor, usei mais uma vez a maior riqueza que herdei do destino, minha beleza física, para realizar meus intentos mais venenosos. Como aprendi desde cedo, não importa o tamanho e altura de nossos inimigos, se acertarmos o chute no lugar certo eles caem e venceremos a luta.

Sentia nojo ao deitar com aquele criminoso, fingia um prazer inexistente, o orgasmo nas transas eram pura hipocrisia e os beijos ardentes a maior de todas as minhas farsas no sexo. Porém, como toda mulher deve saber, os homens são todos uns fracos para acreditar nos fingimentos femininos, isso acontece desde sempre e eles nunca mudam. O indivíduo era casado e sua esposa era jovem, linda, não tinha razões de procurar na rua um rabo de saia.

Entretanto, a fraqueza masculina falou mais alta e permitiu que eu o prendesse pelos pés numa relação vazia e sem sentido para mim, que nunca o desejei. Disposta a tudo para escacar o chão debaixo dos pés de minha inimiga número um e desestabilizar seus negócios na venda de drogas. Após perceber que seu principal aliado já se encontrava totalmente dominado pelo feitiço da minha malícia, dei início a segunda fase do meu maléfico plano de destruição. Demonstrando interesse apenas em dominar por completo a venda de entorpecentes nos morros, incentivei Luís a se desligar de Izabel e se tornar meu aliado.

Tudo no ideal de destruir minha rival nos negócios, nos tornando os únicos donos do comércio de drogas no país inteiro. Lógico que, conhecendo a extensão do poder dela e de quem a apoiava ele inicialmente pensou em recusar. Mas encontrava-se perdido de amor por mim e bastou que ameaçasse deixa-lo caso não aceitasse minha proposta e o idiota cedeu, prontificando-se em aceitar as condições.

Meu amante não era um homem fácil de lidar, imponente na liderança que exercia sobre àqueles a quem comandava com rigor conquistou o respeito não apenas da rainha do tráfico, mas se todos os seus subalternos e demais chefes das outras facções menores do crime. Isso significava que estariam dispostos obedecer e segui-lo aonde quer que fosse. Havia se tornado um líder nato e talvez por essa razão minha maligna tia o respeitasse tanto, sabia que ele poderia arrastar para si todos os demais aliados e enfraquecer seu poder sobre os mesmos, dessa maneira o mais sábio seria mantê-lo a seu lado.

Acontece que se ela foi inteligente o bastante para analisar este detalhe eu também fui e por isso decidi conquistá-lo. Agora, contando com o total apoio do mais respeitado dos comandantes do crime organizado do Rio de Janeiro, considerada já desde aquela época a metrópole do tráfico neste país. Onde o governo e suas forças armadas não eram e nem são até hoje capazes de combater suas ações criminosas. Eu já estava cem por cento pronta para contra-atacar minha inimiga e transformá-la em cinzas. Expliquei ao meu mais novo aliado todos os detalhes sobre o plano de desestruturar minha rival e assumir por completo seus negócios o mais rápido possível.

Sem perda de tempo ele reuniu todos os homens de maior confiança para orientar os demais liderados sobre como agir daquele dia em diante. Nenhuma pessoa que estivesse de alguma forma ligada ao comércio de drogas nos morros cariocas poderiam vender, comprar ou traficar o produto de qualquer maneira sem que estivessem antes em pleno acordo as novas normas impostas por Luís. E a principal delas seria adquirir o material diretamente dele e não da concorrência. Todos os que se negassem a vê-lo como o novo rei do tráfico nos morros pagariam com a vida.

Acontecia ali o que minha pior inimiga mais temia, seu homem de maior confiança havia se rebelado. Mas ela não vivia alheia a este risco e já trazia na manga uma possível solução para o problema e da mesma maneira como fez comigo nos tempos que fingiu está entregando nas minhas mãos a responsabilidade de gerenciar o casarão e selar a paz entre nós lá no sertão, fugindo em seguida e me deixando cair de laranja numa terrível armadilha que acabou por me levar a cadeia.

A infeliz convocou o gerehte do tráfico a comparecer em sua mansão e lhe propôs rendição mesmo antes de ter que confrontá-lo. Sem nada dizer Luís foi ao encontro da antiga patroa guarnecido por vários de seus seguranças, porém sem saber que não fazia parte dos propósitos dela matá-lo, mas sim engana-lo como fez a mim. Depois de explicar suas intenções em abandonar a liderança que tinha sobre o comércio do tráfico e passar para ele tal responsabilidade, alegando cansaço e indisposição para dar continuidade.

Confundiu a mente dele que já não via mais como surpreende-la com a decisão que tomamos em tirar dela o poder exercido sobre os demais traficantes. Pois naquele momento ela deixava claro não fazer mais a menor questão de se manter à frente dos negócios. Mesmo não confirmando sua intenção em assumir o posto de rei do tráfico meu parceiro voltou completamente desorientado.

E ao nos falarmos dizia-se desestimulado a continuar com nosso antigo plano, minha inimiga mais uma vez dava a volta por cima e de certa maneira ele estaria com razão, como poderíamos destruí-la agora que havia jogado a toalha? Confesso que não esperei tamanha inversão nos acontecimentos, porém precisei aceitar o fato de que estava desafiando uma mulher extremamente inteligente, porque ao agir dessa maneira ela deixou Luís sem muitas opções. Ao convocar os demais senhores do crime para se unirem a ele na tomada do poder e expulsão de Izabel do ponto mais alto da liderança, oferecendo-lhes mais liberdade para traficar seus produtos e maior participação nos lucros, exigindo uma menor taxa de impostos sobre as vendas de drogas.

Disse que havia tomado tal decisão por entender ser ela injusta com os traficantes menores e com isso conquistou total apoio destes. Ao saber que ela desistiu do poder e passou deliberadamente a ele o controle de tudo seria sem sentido confrontá-la, ou seja, não existia mais motivação para tanto e fomos desarmados. A princípio pensei que minha venenosa tia teria repassado a Luís seu posto apenas como estratégia para evitar um confronto com o mesmo, mas foi um enorme engano porque seus reais motivos foram outros.

Ela havia se antecipado e investigou a fundo os pormenores desde que foi informada sobre as atitudes de rebelião do homem de sua inteira confiança e descobriu está ele associado à sua rival nos negócios. Agindo de imediato para se antecipar a qualquer surpresa, essa era a situação na qual nos encontrávamos, fomos expostos e nossa adversaria sabia que Luís e eu teríamos nos unidos contra ela e sua suposta rendição significava que a serpente iria armar o bote para atacar a nós dois no momento oportuno.

Deveríamos ficar em alerta permanente. Rogério me procurou e disse está muito preocupado com o rumo que as coisas tomaram e pediu que eu desistisse de minha sede de vingança, ele temia que de alguma maneira eu acabasse morta e suas convicções não estavam erradas. Mas, quando estamos cegos pela a mágoa e revolta pouco nos preocupamos com a morte. Só queremos punir quem nos feriu e, além disso, não dependia mais dele para financiar meu plano de vingança. E com isso decidi cortar as relações que nos uniu até então. Detesto gente covarde e ao vê-lo desistindo de fazer sofrer aquela peste que matou seu único filho a sangue frio me indignei, perdi a admiração que aprendi a ter por ele.

Me perguntei como um pai poderia desistir de vingar a morte de um filho, principalmente tratando-se do único que viesse a possuir. Izabel prejudicou a mim e minha família, me entregando como carne fresca para àqueles abutres do sexo e jogou meus irmãos no serviço forçado num canavial por vários anos, juntamente com outras famílias, onde acabaram por conhecerem as mulheres com quem se casaram.

Hoje só não vivem atolados naquele lameiro com esposas e filhos porque lhes ajudei a sair de lá. Portanto, de maneira alguma iria esquecer o mal que aquela infeliz nos causou e desistir de fazer com que ela pagasse até o último centavo a dívida que tinha comigo. Sei que na realidade Rogério gelou com medo que no final da história acabasse sobrando um pedaço do bolo envenenado para ele e, mesmo não tendo nada a perder, preferiu fugir da batalha com o rabo entre as pernas, mas não seria assim comigo.

Iria continuar na peleja até o fim, afinal fui esperta o suficiente para guardar comigo boa parte do dinheiro que recebi dele durante o período que apoiou a causa e do comércio de drogas auxiliada por Luís. Caso fosse abandonada pelos dois poderia prosseguir sozinha com o plano de acabar de vez com a miserável. E não deu outra, depois de perder o apoio de Rogério foi a vez de ser apunhalada pelo macho para quem abria as pernas quase todas as noites. Aconteceu que a proposta feita pela maquiavélica em passar para ele o domínio da venda de drogas nos morros mexeu com sua cabeça.

Além do grande incentivo que recebeu dos demais chefes do tráfico que lhe fizeram entender ser mais vantajoso assumir o poder majoritário nos negócios sem ter que sujar as mãos com sangue de que comprar a meu lado uma briga na qual nada tinha a ver. Sem considerar a guerra que certamente teria que travar contra os peixes grandes da alta cúpula que a apoiavam, como políticos e os coronéis da polícia e forças armadas, pois não era segredo que ela estaria envolvida com toda aquela raça de corruptos.

Luís estava apaixonado e por um tempo se deixou levar pelas emoções, mas não seria bobo o bastante para esquecer que foi ele mesmo quem muitas vezes recebeu destes peixes grandes armas para repassar às facções criminosas, visto que era o cabeça da quadrilha que fornecia armamento pesado para elas. Então, diante disso, veio a mim com uma proposta que considerei por demais absurda.

O canalha propôs que eu abrisse mão da vingança contra sua antiga aliada e aceitasse me casar com ele, a seu lado assumisse o controle do tráfico e recomeçássemos juntos uma nova história. Bem, isso pareceu romântico e uma ótima proposta se não fosse o fato de eu ter que recuar diante de meu principal propósito, porque nada neste mundo me faria desistir de ir até o fim no sentido de fazer aquela desgraçada cair de joelhos diante meus pés, então minha resposta foi imediata e sem a menor chance de dúvidas:

Não aceitaria tamanho ato de covardia! Ele também não insistiu, estava decidido a seguir em frente com suas escolhas. Contando comigo ou não, mas antes de se despedir me deixou em alerta sobre o fato de que daquele dia em diante nos tornaríamos adversários nos negócios. E suas ameaças não demoraram a se cumprir, em poucas semanas as coisas começaram a ruir diante de meus pés, após saída dele os outros que ajudavam a distribuir as drogas para nossos clientes por toda a cidade anunciaram estarem abdicando de suas atividades. E passaram a trabalhar para Luís, dias depois os distribuidores que atuavam no país inteiro também me deixaram.

O pior de tudo é que havíamos encomendado uma tonelada de entorpecentes da Bolívia. E os fornecedores eram cruéis contra aqueles que deixassem de honrar fielmente seus compromissos, se no dia da entrega não recebessem o valor a ser pago de acordo com o combinado minha morte era certa. Minha adversaria havia vencido mais um round, conseguindo colocar todos contra mim mais uma vez.

Agora só existiam três saídas a escolher: Voltaria atrás e aceitaria a proposta de Luís, correndo o risco de ser humilhada publicamente ou iria cair de joelhos diante de Rogério a quem mandei ir embora por tentar me alertar dos riscos que estaria correndo no caminho de recoltas que escolhi. Tinha, ainda, a terceira opção que seria entregar o que tinha conquistado até então aos fornecedores e ficar na mais completa miséria, porém viva.

Orgulhosa ao extremo optei a terceira hipótese e paguei minha dívida com os traficantes, como o valor em dinheiro não cobria a enorme quantidade de drogas que pedi fui obrigada a entregar a mansão aos credores e fiquei no meio da rua com uma mochila e a roupa do corpo. Sem um centavo sequer para pagar um café da manhã. As drogas ficaram no porto, aguardando retirada, mas como iria fazer isso em ter onde guardá-las sem o apoio da máfia do tráfico que davam livre acesso a esse tipo de cargas?

Com certeza Luís e sua quadrilha já estavam cientes da situação e caso eu usasse tomar posse da encomenda eles acionariam a polícia. Como sempre corrompida e parte do esquema certamente me prender e lá iria eu outra vez cair nas garras daquela diretora de araque e de Negra Buba que, sem dúvida, dessa vez me matariam. Não, pensei, melhor deixar quieto. Dei uma última olhada para trás e contemplei a imensa casa em que habitei por algum tempo num dos bairros nobres do Rio de Janeiro, depois parti sem rumo, como de costume, em direção ao desconhecido. Não cairia humilhada aos pés de ninguém, a sede de vingança ainda ardia no peito e de nenhuma maneira desistiria da missão de destruir aquela infeliz, mas meu pior inimigo, o destino, outra vez conspirou contra mim.

Seria um carma que trouxe desde a infância sofrer tamanha perseguição? Primeiro tive o azar de nascer na pior região num país tão grande, vivendo debaixo da seca e castigada pela fome, ainda por cima ver pessoas estranhas queimarem o pouco que tínhamos e não ser capaz de impedir a prisão de meu pai até hoje sem notícias. Por fim, ser levada cativa da própria tia para servir de prostituta num puteiro por longos dez anos, longe da família e sem contato com meus irmãos. Vi meu melhor amigo ser queimado vivo bem diante de meus olhos, padeci na cadeia igual a uma cadela sem dono.

Felizmente fui resgatada e consegui poder para enfrentar aquela que todo esse mal me causou, porém fracassei. Realmente alguma força superior deveria conspirar contra tudo o que fazia. Parecia impossível punir minha tia depois de tanto sofrer nas suas mãos, estaria o próprio Deus e todo universo a favor daquela desgraçada e contra mim? Então, praticar a maldade contra um inocente receberia maior aprovação do que castigar quem tal coisa fizesse? Aquilo tudo que acontecia comigo só aumentava a revolta que queimava dentro de mim e me dava mais forças para continuar. Saí pelas ruas da cidade sem a menor ideia de onde iria parar, a uma hora atrás morava numa casa enorme com quatro suítes, piscina, decoração moderna e móveis caríssimos.

Minutos depois estava ali, sentada num banco de praça no meio de vários outros indigentes sem ter para onde ir. Com certeza Izabel já estaria ciente da minha derrota e festejava por isso. Luís agora controlava tudo por ali e seus informantes lhe deixava a par de qualquer acontecimento, portanto, também sabia da minha triste realidade, mas não iria nem mandaria seus puxa sacos irem atrás de mim, para me recolher das ruas, ficaria aguardando que eu gritasse por socorro.

Coitado, não me conhecia nem um pouco, pois, sendo uma nordestina de sangue roxo como sou jamais baixaria a cabeça e aceitaria uma derrota facilmente e sem lutar. Tudo bem, perdi a luta pela terceira vez, mas permaneci viva e com disposição para prosseguir com meu projeto. O plano que foi traçado para retribuir na mesma moeda o mal que me fizeram sofrer injustamente. Depois de um tempo, vivendo no conforto e usufruindo do bom e do melhor esquecemos como é difícil encarar a pobreza. E agora, de volta a existência dura e crua com a qual tive que aprender a conviver desde cedo seria necessário me readaptar àquele terrível cenário.

Um vento forte e frio se abateu de repente sobre o local naquele final de tarde e meu corpo gelou de tal maneira que batia os dentes e sentia meus ossos estralando por dentro, alguns pedintes se reuniram numa parte qualquer da praça e fizeram uma fogueira para se aquecer. Uma idosa estendeu a mão, assinalando para que me aproximasse e participasse do calor feito pelo fogo, aceitei o convite sem perda de tempo antes que congelasse por inteira. Até pouco tempo atrás nem podia me imaginar ali, sentada entre mendigos e partilhando o mesmo estado de pobreza e miséria. Olhei em redor e disse a mim mesma que havia chegado no fundo do poço. E que poço! Meu olhar pairava pelo vazio que me restou e percebia o quanto fui boba em acreditar que bastaria ter alguns trocados numa conta bancária para ser capaz de vencer uma inimiga tão poderosa e sábia como Izabel, fui extremamente louca ao querer derrota-la usando artimanhas vazias sem experiência e maturidade. Bom, agora era recomeçar.

Capítulo 4 – Sobrevivência

— Rosilda, onde você se meteu, criatura? Diabos!

— Já estou aqui, patroa, vou levar a senhora para o jardim, está fazendo uma manhã linda

— Deixe de conversa e faça logo seu serviço, mulher!

— Está bem, vamos lá

Desde minha saída do sertão até o presente momento nada teria sido mais doloroso do que viver aquele momento de intensa pobreza, me sentia como se estivesse literalmente jogada numa vala de esgoto a céu aberto. Antes não era capaz de entender o sofrimento daquelas pessoas, mesmo vindo de origem humilde, nem do quanto elas pagavam um alto preço para sobreviverem nas ruas.

As vezes reclamamos de barriga cheia enquanto lá fora muitos morrem de fome, frio, contaminados por diversas doenças sem cura e esquecidos pela sociedade que, apesar de viverem em derredor, fingem não perceber a existência destes pobres diabos. Para os de maiores posses eles não passam de sombras, desapercebidas por seus olhos altivos que, por serem dominados pelo orgulho, se consideram superiores a todos e a tudo. E não podemos negar ser isso uma enorme verdade, porém, no final por debaixo da pele somos todos iguais. Se houver uma inversão social e o rico cair em desgraça, perdendo tudo o que tem, tornando-se inevitavelmente um miserável e aquele que antes vivia jogado na sarjeta se elevar em status, assumindo uma importante posição, a situação do antigo milionário não seria igual ao que vivia o miserável mudou de posição social?

Lógico que sim, é exatamente essa inversão de fatores que pode nos fazer ver o quanto somos iguais como pessoas, como seres humanos. Infelizmente, na maioria das vezes é preciso descer bem baixo nos esgotos da vida para compreendermos que as diferenças sociais existem porque nós mesmos fazemos com que elas se tornem reais a partir do momento em que decidimos olhar para os outros com desprezo. Olhem só a atual situação na qual me encontrava: Dias atrás estava morando numa mansão e dormindo num colchão macio e debaixo de lençóis de seda, horas depois me encontrava sentada num banco de praça qualquer da cidade sem saber onde iria encostar a cabeça.

E o que comeria no jantar daquela noite e nas demais que viriam a partir dali? Não fazia a menor ideia. Passei toda a madrugada acordada, não conseguiria pregar os olhos naquelas condições, entretanto meus novos amigos se acomodaram cada um num canto e dormiram tranquilamente. Tudo vai do costume, me disse Solange, uma das pedintes com quem fiz amizade logo que passei a morar no relento. Uma semana havia se passado desde que perdi tudo e possuía como saldo penas uma mochila e algumas peças de roupa além daquela que usava.

Deixei na mansão tudo o que comprei com o dinheiro das drogas que vendia para arrumar capital e formar um exército que me ajudasse a destruir Izabel, pois a mulher havia crescido demasiadamente em poder, porém, quebrei a cara ao ser traída pelos que escolhi como parceiros. Rogério se acovardou e caiu fora ao se ver diante do perigo e Luís vendeu a alma para o diabo na primeira oportunidade de se dar bem.

Agora que tinha repassado até o último centavo aos fornecedores de drogas para não acabar na vala com a boca cheia de formigas, como era costume acontecer com quem se metia a besta e decidia passar a perna neles, deveria começar a me preparar para saber conviver com o inesperado, assim como acontecia com tantos outros que semelhante a mim perderam tudo o que tinham.

Pelas manhãs eles acordavam bem cedo e já saiam para a rotina diária, que era pedir esmolas pela cidade e Solange me convidou para ir junto, mas recusei. Senti vergonha de agir como uma pedinte. "Basta estender a mão que eles já sabem o que quer e te dão uma moeda" — Disse ela ao me incentivar, porém não me senti enco-rajada o suficiente para encarar o novo desafio, e fiquei por ali mesmo. As onze da manhã e o estômago vazio começou a se roer por falta do que comer, lembrei com água na boca todas aquelas frutas e guloseimas que ficaram na geladeira da mansão de onde sai, vivi bastante tempo na fartura e acabei acostumando com a mordomia.

Agora havia regredido e precisava me acostumar novamente com a miséria, o que de certa forma não iria ser nada fácil. Meus novos colegas voltariam de suas atividades somente no final da tarde, quando iriam se recolher para encontrar um canto qualquer da praça para dormir, mas Solange lembrou de mim e veio me trazer uns trocados para que eu pudesse comprar algo e me alimentar, pois permaneci durante a manhã inteira sentada no banco que existia debaixo de uma mangueira.

Os frutos hora por outra caiam no chão bem a minha frente, no entanto mais uma vez a timidez impediu que eu pegasse alguns para matar a fome. Se Vó Chica fosse viva iria me repreender e perguntar o que tinha acontecido com aquela garotinha magricela do sertão. Que era sapeca e não tinha papas na língua para falar o que bem entendesse e metia a mão na panela para comer qualquer coisa, ela certamente não reconheceria aquilo no qual me tornei

A boa vida de grã-fina que levei na casa de Rogério e durante a permanência na mansão do Lebron me transformaram numa patricinha fresca que o destina de certa forma iria ter que consertar às custas de muita dor e sofrimento. Atravessei a larga avenida de três vias que cortava o centro da cidade e fui até um restaurante localizado pelas imediações do lugar, a nova amiga ficou parada no mesmo local onde antes estávamos e ainda me fez sinal, gesticulando com as duas mãos, tentando me dizer alguma coisa que não entendi.

Entrei no ambiente refrigerado que doía nos ossos, na intenção de comprar algo para o almoço, mas com aquele montão de moedas fui barrada pelo atendente que disse não aceitarem trocados e que eu fosse comprar meu lanche noutra bodega qualquer. A princípio me indignei e quis discutir com o funcionário do restaurante, mas depois cai em mim e percebi que apesar de ainda andar bem vestida não era mais aquilo que fui nos tempos em que esbanjava poder e dinheiro.

Havia perdido tudo e minha realidade ali era outra, não passava de uma mendiga igual a muitos outros com quem passei a noite naquela praça. Voltei para junto da pedinte e lhe devolvi as moedas, agradeci, mas expliquei que não foram aceitas. Ela, com cara de quem morria de compaixão pegou-me pelo braço e fomos juntas até um vendedor ambulante, onde compramos alguns pasteis com outros salgados e suco de laranja, Comemos e depois retornamos, aí compreendi que no novo mundo social em que passei a viver até o dinheiro que possuísse seria rejeitado pelos bacanas. Jurei a mim mesma que um dia ainda voltaria a ficar por cima e voltaria naquele restaurante para dar o troco àquele cretino pela afronta que me fez, faria com que ele entendesse que uma pessoa não deve ser julgada pelo que aparência, mas pelo que de fato somos como ser humanos.

Fui destratada pelo simples motivo de ser pobre por alguém que com certeza não passava de um reles funcionário de um restaurante fino, talvez quase tão necessitado como eu. Mas teria a chance de colocá-lo no seu devido lugar. Solange e eu ficamos horas conversando, ela escolheu ficar a meu lado o restante do dia e me contar sua história de vida, sempre trouxe comigo esse carma das pessoas mais velhas quererem me falar de suas experiências, vitórias e fracassos, e costumava ser uma boa ouvinte. Sua existência se parecia com a minha, já teria sido antes uma jovem com muitos sonhos e esperanças. Mas o destino traiçoeiro e impiedoso a impediu de ser feliz.

Encontrou seu grande amor e a seu lado buscou concretizar seus planos de viverem juntos, formarem uma família e finalmente conquistarem lado a lado a mais perfeita felicidade, porém foram impedidos pela sinistra trama de alguém que desejava vê-los na pior e separados. Semelhante a mim foi imensamente prejudicada depois que surgiu no seu caminho quem estava disposto a tudo para impedir sua caminhada.

A única diferença é que no caso dela o inimigo foi um homem apaixonado que decidiu conquistá-la a qualquer custo e por se negar aceitar sua proposta foi perseguida pelo lunático sem misericórdia até cair em completa miséria. Seu grande amor foi morto, seus familiares assassinados sem misericórdia e ela banida por completo da alta sociedade de onde nunca mais pôde retornar.

Foi Solange quem me fez ver o quanto pouco sabemos sobre essa multidão de pessoas que vivem jogados pelas ruas de nossas cidades, mendigando o pão e servindo de espetáculo para os poderosos que mesmo com a possibilidade de ajudá-los pouco ou nada fazem para que isso aconteça. Faziam dois dias que perdi tudo e minhas roupas já estavam com mau cheiro, precisava tomar um banho decente e mudar minhas vestes, mas não fazia ideia de onde isso seria possível. Visto que ultimamente havia me tornado uma moradora de rua e em total abandono na semelhança dos demais com quem passei a conviver. Se aproximava o final da tarde, o sol já se escondia e a escuridão de mais uma noite chegava despertando o iluminar das luzes artificiais penduradas nos postes espalhados por toda parte.

O trânsito nas duas laterais da praça se transformou em um verdadeiro inferno e um barulho sem fim de buzinas se fazia ouvir. Parada, de pé com uma mochila presa nas costas, sentindo o vento gelado passando suavemente por entre os fios de meus longos cabelos. Permanecia perplexa a olhar todo o movimento sem noção do que aconteceria minutos depois. Apesar dos bolsos vazios, das vestes suadas e com mal odor, sem futuro a menor esperança de um futuro promissor ainda possuía um grande tesouro, a beleza que ironicamente herdei de minha tia megera, pois meus pais eram feios de lascar.

De repente um veículo parou no acostamento e começou a apitar, piscando insistentemente a luz do s faróis e como não me aproximei o motorista decidiu ir ao meu encontro, acreditando que estivesse fazendo programa e propôs que fôssemos passar a noite juntos em um motel nas proximidades. Pensei em recusar, afinal a bastante tempo tinha deixado de ser puta, mas fazer o quê se não tinha onde cair morta.

Dormir jogada pelo chão como uma cadela pela segunda vez não fazia parte dos meus planos. Aceitei, mesmo envergonhada ao lembrar que fedia por causa dos dois dias sem tomar um banho decente, pelo menos o indivíduo estava embriagado e nem sentiu meu péssimo odor, o que agradeci aos céus, pois assim não perderia a oportunidade de dormir confortavelmente. Parecia que finalmente o maldito destino que tanto me perseguia decidiu reabrir a porta de oportunidades. Podia ser que ao lado daquele desconhecido surgisse a chance de um recomeço.

Ao chegar ali tomei um banho completo e fiquei prontinha para ser possuída pelo estranho, com toda certeza não sentiria prazer e nem teria orgasmo, como jamais tive com os homens com quem transei nos meus tempos de juventude, seria apenas mais uma ou duas horas de fingimentos e gemidos inventados. Mais que nada, me dei mal, o indivíduo parecia um cavalo no cio em todos os sentidos. Além de ter uma ferramenta de trabalho enorme que me arrebentou toda por dentro, ainda era do tipo que não caia fácil.

Aguentou mais tempo do que o previsto e só paramos ao raiar dos primeiros raios do sol. Já arrumava meus molambos para retornar às ruas, quando ele me fez um convite e fomos tomar o café da manhã numa lanchonete nas proximidades, lá iniciamos uma conversa que durou pelo menos uma hora, tempo suficiente para deixá-lo a par de minhas necessidades básicas e ele se ofereceu a me apresentar para uma amiga que com certeza conseguiria para mim moradia e alimentação até que encontrasse outra maneira de sobreviver.

Na situação delicada na qual me encontrava não poderia negar tamanha ajuda, e prontamente aceitei. O problema é que por detrás daquele gesto de boa vontade existiam outras intenções que somente mais tarde pude perceber, depois de já está novamente enroscada até o pescoço pelas correntes da escravidão onde pensei jamais voltar a viver. Fomos até uma certa área da periferia onde havia um casarão semelhante ao que morei no passado com minha tia, onde fui submetida a todo tipo de abusos sexuais pelos pedófilos que ali apareciam. Fiquei arrepiada só de ver o lugar, parecia estar revivendo cada segundo dos horrores que passei sob o domínio da maldita aliciadora.

Ao adentrarmos o lugar logo percebi que se tratava de um puteiro e alguma coisa dizia no meu ouvido que iria me ferrar mais uma vez, eram várias mulheres seminuas andando de um lado para o outro. Muitos homens nas mesas, consumindo bebidas alcoólicas, músicas apaixonadas e luzes coloridas avermelhavam o ambiente.

Fui apresentada a madame e levada a um pequeno quarto localizado no final de um corredor estreito e com as paredes manchadas de lodo. Tudo lembrava as celas no buraco imundo onde fiquei presa depois de ter sido condenada como aliciadora de menores no lugar de Isabel. Um espaço pequeno que mal cabia uma cama de solteiro, um banheiro apertado e nele uma pia velha com um vaso sanitário manchado de ferrugem.

Era o retrato da miséria exposta diante de meus olhos. Recebi da piranha uma chave para ter o controle do quarto e em seguida me encontrei sozinha, sentada na cama com o olhar fixo na parede pintada de amarelo, perdida em mil pensamentos como se estivesse distante da realidade que me cercava. Como seria dali em diante? Quais surpresas Deus, o universo ou o destino havia reservado para mim? Quantas dores mais estariam reservadas para uma mulher que desde menina só apanhou da vida?

Alguma coisa insistia em avisar que algo de terrível iria acontecer comigo e aquilo me atormentava a alma, meu espírito se remexia por dentro como se percebesse a presença da morte nas proximidades, o mal novamente me alcançou e a tormenta iria se repetir. Fiquei ali até a noite e recebi a visita de Solange, a dona do estabelecimento, ela tinha algo sério para me falar:

— Então você é a Mercedes, a linda jovem que meu irmão resolveu ajudar depois de trepar uma única noite?

— Sim, sou eu mesmo, estou agradecida pela hospitalidade

— Bem, minha querida, foi exatamente para isso que me desloquei dos meus afazeres para que pudéssemos ter essa conversa, pois sei que meu irmão não lhe deixou a par de certos detalhes A princípio vou logo lhe esclarecendo que aqui não é um hotel ou coisa semelhante, onde a donzela possa dormir e acordar como se fosse uma hóspede sem em nada contribuir, você deve ter percebido logo que chegou em minha casa que o lugar é um puteiro e aqui ganhamos a vida agradando nossos clientes, que são quem pagam nossas despesas

— Sim, senhora, eu percebi

— Ótimo, então assim fica mais fácil lhe dizer que para continuar nessa casa a mocinha terá que ir para o salão disposta a satisfazer a clientela e gerar renda para garantir nosso sustento. É assim ou pegue sua mochila e caia fora! Faltam algumas horas para a casa ficar cheia, tome sua decisão e faça conforme o que achar melhor. Entendeu?

— Sim, eu entendi

Nossa conversa terminou com uma interrogação na minha já atormentada consciência: Qual seria a melhor decisão a tomar diante de tamanha pressão? Olhando para trás via apenas a derrota que me levou a abrir mão de tudo o que conquistei, nos meus dois lados não existia nada nem ninguém que me servisse como escape diante da catástrofe na qual me encontrei no pior momento de minha existência. E o que dizer do futuro? Poderia sonhar com algo melhor depois de nos últimos tempos só ter colhido desgraças como recompensa por quer fazer justiça contra uma infeliz que destruiu todos os meus sonhos?

Já disse antes que Deus parecia me odiar, o diabo me rejeitava e o inferno não podia ser meu lar. Por incrível que pudesse parecer eu nasci para não pertencer a ninguém, era um zero à esquerda e renegada por tudo o Universo. Sei que esse pensamento é horrível e negativo, mas foi exatamente assim que me senti naquele momento, uma pessoa completamente rejeitada, excluída e sem sorte na vida. Levantei dali e fui ter com a madame, já tinha me decidido.

Ela estava sentada numa das cadeiras próximas a parede do amplo salão no qual se reuniam as putas e seus machos sedentos por sexo. Apesar da iluminação precária e das luzes coloridas próprias de lugares como aquele a sanguessuga das pobres mulheres sem melhores oportunidades, como eu e tantas outras que ali viviam, pôde perceber minha presença e gesticulou para que me aproximasse:

— Então, princesa, pronta para começar a trabalhar?

— Sim, estou pronta

— Claro, não me surpreendo com sua decisão, na sua atual situação não poderia tomar outra atitude. Bem, então circule pelo salão que temos muitos clientes à procura de carne fresca como você. Vamos lá, comece!

Senti vontade de esbofetear a cara daquela vagabunda e fazer com que se mancasse, mas se fizesse isso seria expulsa do puteiro e teria de voltar para as ruas para viver como uma pedinte miserável, isso não podia se repetir pra mim. Minha beleza as vezes servia como bênção em alguns casos e maldição noutros, e me ferrei logo na primeira atuação como vagabunda de cabaré na capital. Um safado metido a besta veio ao meu encontro e me agarrou de supetão como se fosse uma vadia qualquer, e realmente era, mas não queria aceitar.

O pilantra apertou minha bunda com tanta força que ardeu as beiradas, então perdi a paciência e meti a merda de uma tapa no rosto do sacana, daí me lasquei. O desgraçado era cheio da grana e traficante do morro, a madame era metida no tráfico e seu cabaré um ponto de venda de drogas. Ele fazia o que queria por ali e não aceitava a rejeição como resposta, reclamou para a dona do ambiente e ela me castigou mostrando como as coisas funcionavam por ali. Fui levada para um quarto nos fundos bem menor e mais apertado do que o anterior e uns cretinos me espancaram com tapas, chutes e pontapés.

Depois fiquei com fome e sede por dois dias seguidos. Interessante como as pessoas que cruzaram meu caminho gostavam de me espancar, nasci com os couros grossos e prontos para apanhar, várias vezes amaldiçoei meu nascimento. Ao ser solta e arrastada por duas putas até o meu recanto cheio de baratas e teias de aranhas, permaneci jogada no colchão fedorento toda dolorida pelos socos levados pelo corpo inteiro, com certeza não seria convocada para abrir as pernas para os machos enquanto estivesse de rosto inchado, pensei.

Que nada, como de costume as coisas sempre acontecem o contrário do que imagino e vinte e quatro horas depois de ter levado a baita de uma surra fui convocada a comparecer no salão. Dessa vez não foi para agradar clientes, mas para ouvir um ultimato da velha de bucho quebrado, a tal de Selena, dona do puteiro. Fumando aquele cachimbo nojento e poluindo o ar com fumaça de fumo bruto, ela me deixou a par do que se tratava:

— Ora, ora, ora...Então estou lidando com uma vadia do tipo feroz, gata braba e de unhas compridas...Humm, os machos como esses que decidiu estapear gostam desse tipo de puta! Ah,ah,ah. Acho ser por isso que mandou te buscar para ir trepar com ele lá no morro, agora entenda os homens, não é mesmo? Quanto mais levam patadas das mulheres, mais ficam gamados nelas! Se tivesse me tocado disso enquanto fui nova teria esbofeteado esses cornos até achar um que fosse cheio da grana.

Faria o safado rastejando aos meus pés. Ai, sua vadia, vai lá para o morro com os neguinhos e trata de fazer essa porra direito, do jeito que o macho e mandar ou então vai levar chumbo nesse rostinho lindo, sacou?

Tinha dois brutamontes em pé próximos dela e após dizer essas palavras ordenou que eles me levassem, o filho de uma égua saiu me puxando pelo braço com a maior brutalidade como se eu fosse uma cadela e fomos na direção do morro do Urubu, o que me deixou bastante preocupada pelo fato de ser um dos pontos de drogas controlado pela facção criminosa chefiada por Luís.

Temia que de repente pudéssemos nos reencontrar e não queria que ele me visse naquelas condições, sobrevivendo como uma vadia. Certa vez Vó Chica disse que o destino gosta de nos pregar certas peças e nos colocar em situações difíceis para ver como vamos fazer para sair da dificuldade, é sua maneira meio maluca de nos fazer ter maturidade, deixar prontos para saber sobreviver neste mundo cheio de obstáculos.

— Aqui está, chefe, a vadia que mandou trazer

— Perfeito, saiam que vou levar uma ideia com essa safada! Agora é nós sua puta escrota — ele fala isso dando-me uma tapa no rosto que me fez ver estrelas — vamos ver se vai ter coragem de me rejeitar como fez no puteiro!

— Tá pensando que vai me fazer implorar, seu covarde? Pois saiba que macho da tua marca não me assusta!

— Ah, olhem só, a vadia é metida a valente, vou te ensinar a me respeitar sua cadela! — levei outra tapa no pé da orelha que me estendeu pelo chão — Anda, levanta que ainda não terminamos nossa conversa, aqui nessa porra quem dá as ordens sou eu e se mandar trepar comigo tem que fazer com prazer!

— Se quiser me possuir vai ter que ser na marra seu fresco, porque de boa vontade não vai conseguir!

— Muito bem, então vai ser assim mesmo como prefere, à força! Adoro isso!

O sacana pulou em cima de mim e começou rasgando minha saia curta, depois a blusa, o sutiã, fiquei só de calcinha e tentava em vão me soltar das garras do tarado, mas sem sucesso. Travamos uma luta corporal que começou de pé e continuou pelo sofá, terminando em cima do piso feito de cerâmica.

. Durante os movimentos bruscos que fizemos derrubamos e quebramos muitas coisas. Ele era bastante forte, mas dei trabalho antes de ser vencida pelo cansaço e finalmente estuprada por aquele cachorro imundo. Após rasgar minha calcinha e me abrir as pernas, ali mesmo no chão. Penetrou minha vagina com seu membro gigante e volumoso que me fez sentir meu corpo ser arregaçado como se estivesse sendo invadido pela primeira vez, apesar de já está arrombado de tantas trepadas no casarão. A dor foi quase insuportável.

Dei um grito bem alto na esperança de que alguém lá fora me ouvisse e viesse ao meu auxílio, porém em vão, pois o lugar era no ponto mais alto do morro e mesmo que fosse diferente ninguém se atreveria a ir enfrentar os homens do tráfico, desafiá-los seria colocar toda a família e a si mesmo em perigo. O desgraçado me usou o tanto que bem quis e em seguida espirrou aquela porcaria quente dentro de mim como se eu fosse um simples depósito de espermas.

Porém, foi nesse momento de fraqueza que é característico dos homens após uma transa, que aproveitei e fiz aquilo que minutos atrás não consegui. Bem ao lado da mesa onde o canalha trabalhava no comando do tráfico havia uma arma que avistei logo que cheguei, num salto levantei e com ela em mãos apontei na no rosto do cretino e nem pensei duas vezes. Ao ouvirem o estrondo do tiro de uma arma de fogo ponto quarenta sendo disparada dentro da casa os outros dois bandidos que aguardavam do lado de fora invadiram o recinto para conferir do que se tratava.

Com certeza imaginaram ter sido o chefe me metendo bala depois de estar satisfeito com a transa forçada. Porém, se depararam com a vítima de arma em punhos, disparando contra eles. Durante os meses que estive com Rogério, pai de Ricardo, aprendi como usar uma arma de fogo. Depois aprimorei esse conhecimento nos tempos que comandei a rede de tráfico no morro e estava preparada para me defender de vagabundos como aqueles. Após matar os três canalhas sai correndo em disparada pelos becos.

Fiquei alguns minutos escondida num barraco abandonado até os demais moradores e os soldados do crime subissem para ver os mortos. Percebendo está tudo limpo prossegui na caminhada morro abaixo, andando sempre bem devagar, sem deixar transparecer ter sido eu a efetuar os disparos que causou suspense no lugar, via muitas pessoas passando de um lado para o outro assustadas. Pois sabiam que um crime ocorreu e que aquilo iria resultar em mais mortes. Porque, quando um traficante é morto vários inocentes pagam o preço. Eu morei vários meses por ali, sabia como as coisas funcionavam e sentia muito pelo efeito colateral que ocorreria sobre a população que viviam a mercê do tráfico, após o que fiz.

Seria terrível, mas não tive escolha, era eles ou eu. Em pouco tempo me encontrei bem longe do local onde pratiquei meu primeiro homicídio, precisava retornar ao puteiro de Selena para pegar minha meus pertences. Mas tinha medo que os bandidos me pegassem, pois era óbvio que eu iria tentar recuperar minha mochila com as duas únicas peças de roupas que restaram.

Droga, e agora, como sobreviver andando pela cidade daquele jeito? Dessa vez me lasquei por completo! Ao sair da mansão após perder todos os meus bens para os fornecedores de drogas, afim de escapar com vida, ainda foi possível levar comigo poucos pertences, mas desta vez as coisas foram bem piores, pois o que me restou foi só a roupa do corpo.

Num beco estreito cheio de lixo e com ratos correndo para todos os lados, me agachei recostada numa parede e coloquei as duas mãos sobre a cabeça, pensando no que poderia fazer para sair daquela situação. Em alguns segundos de reflexão me veio na mente a ideia de ir pedir ajuda a Luís. Talvez ainda restasse no seu coração algum sentimento por mim, mas como faria isso se ele estaria no morro e para lá não poderia mais voltar sem o risco de ser pega pelos soldados do crime e morta por ter assassinado seu chefe?

A saída seria ir à procura de Rogério e me humilhar aos seus pés, se preciso fosse, para que ele se compadecesse da minha crítica situação e permitisse meu retorno à sua casa até que encontrasse outra forma de assumir as rédeas de minha tumultuada vida. Entretanto, não sabia como fazer isso já que não tinha um níquel sequer para pagar um transporte até fortaleza, foi então que recordei de minha amiga pedinte lá da praça. Ela poderia me ajudar a conseguir a passagem e fui a sua procura e como de costume encontrava-se pelas imediações da praça, pedindo suas esmolas.

Solange abriu um largo sorriso assim que me avistou. Mal nos conhecíamos, mas aquela senhora idosa aprendeu a gostar de mim e ao nos aproximarmos uma da outra ela se atirou sobre meu corpo num forte e apertado abraço, demonstrando a saudade que sentia, o que correspondi a altura apesar do seu fedor por causa das roupas imundas que usava. Contei-lhe minhas dificuldades e as novas confusões em que me meti, ela prontamente se dispôs a ajudar e me deu todas as suas economias adquiridas naquele dia, um saquinho cheio de trocados em notas de um réis e algumas moedas. Prometi que um dia voltaria para lhe devolver tudo, quem sabe tirá-la daquela pobreza e lhe dar a oportunidade de terminar seus dias de maneira mais digna e justa. No fundo ela sentia que isso seria possível, era mais confiante no meu sucesso do que eu mesma conseguia ser.

Sem perda de tempo sai à procura de um transporte que me levasse até a residência de Rogério, onde poderia conseguir abrigo e comida. Depois veria se ele ainda estava disposto a me ajudar de alguma maneira a completar minha jornada. Sabia que não poderia mais contar com ele para meu antigo plano de destruir aquela maldita aliciadora de menores nem com nada ligado a minha vingança. Mas, se me desse um canto para ficar até recuperar as forças já seria o bastante. Tudo pelo qual passei me deixou esgotada, sem energia para seguir em frente com meus propósitos.

Precisava descansar e colocar a cabeça no lugar. Com toda certeza ele iria me estender a mão, apesar de toda a ingratidão com a qual lhe tratei, pois era um homem bom e de caráter inconfundível. Enquanto o ônibus corria velozmente pela estrada em direção a capital eu permanecia de olhos fechados, sentada numa poltrona confortável e macia, tentando descansar meu corpo dolorido. Aquele monstro me rasgou inteira por dentro e cada pegada dele no meu frágil corpo parecia uma paulada que despedaçava meus ossos, fiquei moída e relaxar durante algumas horas de viagem seria ideal.

Do Rio de Janeiro a Fortaleza demorava bastante e deu para tirar uma boa soneca, aquilo iria restabelecer as energias perdidas. Depois de algum tempo chegamos ao destino e segui desprovida de bagagens para o litoral numa carona que consegui com aquele jeitinho de mulher carinhosa que macho nenhum aguenta, pois o pouco dinheiro que Solange me emprestou acabou, um velho assanhado me deu um lugar na cabine de seu caminhão e fui deixada bem em frente da casa de Rogério.

Dessa vez não foi necessário sexo para pagar o favor, bastou umas promessas vazias e um selinho na boca do coroa e pronto, tudo acertado. Ao chegar diante da larga porta fiquei imóvel sem coragem de me identificar, foram alguns minutos de indecisão até que ouvi uma voz de um homem atrás de mim, pedindo explicações sobre a razão de estar ali parada, visto ser uma desconhecida para o mesmo:

— Boa tarde. Posso lhe ajudar em alguma coisa?

— Ah, sim, estou à procura do Sr. Rogério, por acaso ele está?

— Sinto muito, mas o meu tio acabou de sair, foi até a cidade. E quem deseja lhe falar?

— Puxa, desculpe, nem me identifiquei. Sou Mercedes, uma amiga dele

— Muito prazer, Paulo Prestes. Por favor, entre, podemos conversar tomando algo enquanto meu tio retorna da cidade. Você mora aqui perto? De onde vocês dois se conhecem?

— É uma longa e triste história

— Bem, não creio que ele volte agora da viagem que fez, são alguns quilômetros de ida e volta.Então terei muito tempo para conhecer sua história — Ele sorria enquanto falava e ordenou uma das criadas a nos servir um lanche, pois percebeu que eu morria de fome.

Final – Finalmente o Amor

Paulo era um homem fino, educado e atencioso. Residia na capital paulista e dificilmente aparecia na região para visitar o tio, irmão de sua mãe, que insistia em continuar morando no Nordeste. Por sorte nos encontramos no momento mais difícil de minha maldita existência, cheia de altos e baixos, dores e sofrimentos. Juiz de Direito e dono de um grande e renomado escritório de advocacia que atendia nada menos que a alta elite social de São Paulo

Possuía uma estabilidade econômica altamente definida, além de ser solteiro e estar à procura da felicidade, assim como eu. Lhe contei minha história, deixando-o a par de todos os pormenores, desde minha chegada ao casarão de Izabel até a saída às pressas da cidade do Rio de Janeiro para evitar de ser morta pelos traficantes do morro, onde fui obrigada a cometer um duplo homicídio.

Como se tratava de uma autoridade pensei ser arriscado que me prendesse por ter morto aqueles dois homens, mas deixou claro que não era de sua competência dar voz de prisão a quem quer que fosse, isso cabia a um delegado de polícia, não a um juiz. Respirei aliviada, não entendia o porquê de revelar a um desconhecido meus segredos, afinal, nos víamos pela primeira vez.

Mas não conseguia esconder dele tudo sobre mim. Nossos olhos ficaram presos uns nos outros durante todo o tempo que conversávamos, até a empregada teve que quase gritar nos alertando sobre o lanche colocado sobre a pequena mesa ao lado, pois parecíamos petrificados, imóveis e hipnotizados diante da forte atração que nos unia. Nunca antes havia sentido tamanho sentimento, parecia que uma força invisível nos prendesse naquele olhar penetrante, capaz de fluir como um fogo dentro de nossos corações, aquecendo nossas almas.

O momento era tão mágico ao ponto de a conversa mudar o rumo e, quando menos percebemos, já estávamos com os lábios colados um no outro. Acontecia ali meu primeiro beijo de verdade, sem fingimentos nem com o objetivo de agradar um cliente na hora do sexo. Pela primeira vez senti o sabor da paixão na minha boca e pelo corpo inteiro, os toques de suas mãos não me enojaram nem me senti abusada, desrespeitada ou como uma vadia qualquer que os homens pegavam no momento que bem entendessem.

O beijo iniciou lentamente, nossos lábios se juntaram como se fosse em câmera lenta, demorou o suficiente para eu me desmanchar de prazer. Ao nos afastarmos um do outro eu tremia, minhas mãos estavam geladas e arrepiaram-se cada fio de meus cabelos. Com um brilho infinito nos olhos permanecemos parados a nos fitar sem nada dizer, era o magnetismo do verdadeiro amor que nos enfeitiçou e ligou nossas vidas para sempre. Foi exatamente como Vó Chica falou que seria, quando o verdadeiro amor chegasse.

Ela dizia que ao ser picada pela paixão eu iria ficar impotente. Dominada, vencida a tal ponto de não conseguir me mover ou falar uma palavra sequer. E foi assim mesmo, um momento mágico que por tanto sofrer pensei jamais viver. Ficamos ali no sofá da sala abraçados e em silêncio, sem nada dizer. Apenas curtindo cada segundo que passava daquele delicioso momento de encanto e ternura. Nosso sonho foi interrompido com o som de um motor, era Rogério que chegava.

Sua admiração ao me ver foi enorme, pois duvidava que orgulhosa do jeito que era voltasse a procurá-lo, e ficou mais surpreso ainda ao ver que eu e seu sobrinho já nos havíamos conhecido. Abraçados, deixamos claro ao proprietário da linda mansão, localizada às margens de um mar cujas águas azuis transformava o lugar no mais perfeito paraíso, sobre nossa repentina paixão. Depois de um forte abraço fomos colocar as novidades em dia sob a sombra de um pé de faveira com suas flores coloridas e perfumadas, semelhante àquela que existia no quintal do velho barraco lá no vilarejo em que nasci. Como não poderia deixar de ser, Rogério insistia que eu desistisse de minha vingança contra Izabel:

— Me diga que desistiu daquela maldita vingança

— Na verdade até hoje cedo continuava inclinada a punir Izabel por toda maldade que fez contra mim e minha família, mas neste momento nem sei dizer ao certo o que pensar a respeito

— E o que mudou, minha filha?

Olhei para Paulo, que permaneceu ao meu lado, e respondi a pergunta de Rogério sem qualquer dúvida:

— Acredito que foi porque conheci o verdadeiro amor e ele preencheu todos os espaços do meu coração ao ponto de não existir mais lugar para nenhum outro tipo de sentimento

— Agora entendi, vejo que conhecer meu sobrinho foi crucial para mudar seus conceitos

— Sem dúvida, tio, foi amor à primeira vista. Eu e Mercedes nos completamos como jamais imaginei ser possível

— Fico imensamente feliz por vocês, mas assim posso concluir que aquela assassina ficará impune por todos os crimes que cometeu, inclusive pela morte de Ricardo. Iremos desistir de nossas vinganças

— Nada disso, meu tio, foi por isso que resolvi vir aqui durante minhas férias no Tribunal, queria entender melhor essa história e ver se ainda seria possível a condenação dessa criminosa, a morte de meu primo não ficará impune. E depois de ouvir o testemunho de Mercedes, de como ela e seus familiares sofreram nas mãos de sua tia, a aliciação de menores e o envolvimento no tráfico de drogas na cidade do Rio de Janeiro, preciso reuni elementos suficientes para autorizar uma profunda investigação contra essa delinquente

— Você está falando sério, Marcos, é mesmo possível que isso seja feito?

— Claro que sim, meu bem, retornarei a São Paulo e darei início a essa investigação para reunir provas concretas contra Izabel, ela pagará por todos os seus crimes

Dois dias depois daquela conversa que tivemos ele retorna a São Paulo e uma semana após chega em Fortaleza uma equipe de investigação foi formada por um delegado federal, um promotor e dois investigadores. Criada para juntar provas contra Izabel e começaram indo ao sertão, onde nasci. Interrogaram moradores, tentaram localizar as famílias cujas filhas foram aliciadas e usadas sexualmente pela acusada. As mulheres que trabalharam no casarão durante o período e algumas prostitutas foram alvo dos representantes da justiça, estive com eles o tempo inteiro, ajudando a identificar aqueles com quem convivi e que podiam ser úteis para fornecer as informações necessárias contra a maligna senhora do chicote.

Que tempos atrás causou o terror na região, destruindo a vida de dezenas de pessoas, inclusive a minha; O bom é que naquela época as leis funcionavam diferente de agora, não existia esse negócio dos crimes prescreverem com o passar do tempo. E, independente da época em que ocorressem os criminosos seriam responsabilizados por seus atos. Dessa maneira, após colherem todas as informações necessárias para dar prosseguimento nas investigações a equipe retorna e Paulo consegue autorizar a prisão preventiva da acusada.

A polícia federal passa a procurar por ela no Rio a partir das informações dadas por mim, iniciando pelas favelas e morros até os mais luxuosos condomínios. Tudo acontecia em segredo para que a criminosa fosse surpreendida e não tivesse a chance de fugir do país, pois dinheiro tinha para isso. Depois de quase dois meses recebemos a notícia da localização exata de Izabel e, assim, foi cumprido o mandado de prisão expelido pelo juiz Marcos Paulo, seria feita à justiça contra àquela que me causou tantos males e isso me deixava bastante satisfeita, com a impressão de finalmente ter realizado minha vingança contra aquela maldita.

Porém, as coisas não seriam tão fáceis como parecia, com todo o poder que possuía acionou quantos advogados precisava e os colocou para sua defesa e o juiz responsável pelo caso frouxou as mãos, permitindo que a vadia respondesse a todas as acusações em liberdade, exigiu que fossem apresentadas mais provas contra a réu. Paulo e a promotoria recorreu da decisão e foi marcado um novo julgamento. Onde compareceram várias famílias prejudicadas por Izabel e as mulheres que na ocasião foram usadas para a prática do sexo infantil com pedófilos.

Eu mesma me fiz presente. Durante todo o tempo ela me olhava com um ódio destruidor capaz de intimidar até mesmo os mais corajosos, com certeza pretendia encomendar minha morte depois de sair ilesa dali. Tanto eu quanto as outras mulheres que foram igualmente vítimas daquele monstro contamos tudo ao que fomos submetidas no casarão durante os anos que ali vivemos.

Os advogados de defesa e acusação se revezavam e cada um cumpria perfeitamente seu papel. No final, coube ao júri popular a decisão de condenar ou não a assassina. Foram depoentes contra a acusada os pais das crianças, ex empregados, inclusive meus três irmãos a quem tive o prazer de reencontrar durante minha ida ao sertão com a equipe de investigação e Rogério, pai de Ricardo, morto ao tentar me tirar daquele inferno. Tudo estava contra Izabel, dava a impressão que a questão estaria ganha e não existiria mais nenhuma saída para a monstruosa mulher, mas a cretina outra vez conseguiu se manter em liberdade.

Tudo às custas do poder que o dinheiro lhe permitia ter. Num último momento o júri decidiu pedir mais tempo para concluir o veredito. E o juiz marcou para a próxima semana a continuação do julgamento, o que irritou a promotoria, dando início a uma investigação interna para saber se os jurados estariam sendo de alguma forma coagidos a impedir a condenação da acusada. Com sua influência Paulo conseguiu afastar a autoridade até então responsável pelo caso e uma juíza assumiu seu lugar decidida a agir de acordo com a lei.

Depois de confirmado que realmente havia corrupção no júri, voltamos a nos reunir. Na terceira secção no Tribunal e com as provas irrefutáveis nas mãos a promotoria por fim convence o júri, agora composto por pessoas verdadeiramente dignas. Todas estavam cientes da veracidade das acusações feitas contra a ré ali presente, a juíza ordena o recesso necessário para os jurados pudessem se reunir e decidir o destino de minha tia malvada, meia hora depois leu-se o veredicto e a antiga senhora do chicote foi condenada a trinta anos de cadeia sem direito apelação pela defesa, pagamento de fiança e em regime fechado.

Foi a primeira vitória que Deus me concedeu em vinte e cinco anos de existência, finalmente ele lembrou de mim, fazendo com que eu voltasse a crer nele e na sua justiça divina. Após a prisão de Izabel voltei para Fortaleza e permaneci com Rogério, aguardando o retorno de meu amor que permaneceu em São Paulo por mais uns dias. Passados este período ele veio ao meu encontro e ficamos juntinhos, nos amando, fazendo planos e pensamos em casamento, filhos e numa união eterna. Enquanto arrumávamos nossas vidas convidei Paulo para ir comigo até o sertão conhecer o lugar onde nasci, visitar a antiga vila e rever meus manos, juntamente com os sobrinhos lindos que deles ganhei. A viagem durou um mês inteiro e aproveitei para convidar meus irmãos e suas famílias para virem num futuro breve morar na capital.

Onde eu e meu amor planejávamos fixar residência depois de casados, não conseguiria viver morando numa mansão, sabendo que meus sobrinhos estariam sem conforto algum. Vivendo debaixo do sol escaldante e vitimados pela seca que maltrata o povo nordestino. Assim, ficou combinado, futuramente iríamos trazê-los para junto de nós em São Paulo, onde eu e Paulo moraríamos em breve.

Meu noivo era um homem muito rico e influente, com isso todos os planos em relação a meus familiares foram possíveis de se cumprir. Entretanto, ainda faltava mais uma coisa a fazer para que eu pudesse ficar com minha consciência em paz, que era reencontrar nosso pai. Nesse particular mais uma vez meu noivo foi especialmente útil para através de seus conhecimentos vascularem os presídios e localizá-lo.

Completamente envelhecido, surrado pelo tempo, papai não teria sido morto como pensei, devido sua maneira mansa de ser acabou conseguindo sobreviver na prisão. Estava todos aqueles anos na penitenciaria de segurança máxima de Fortaleza. Esquecido pelo sistema, nunca julgaram seu caso e por causa disso permaneceu preso por tantos anos, porém vivia em um tipo de liberdade, atuando nos serviços gerais, na área de limpeza, longe dos demais detentos mais perigosos.

De imediato foi solto pela intervenção do Juiz e levado para a residência de Rogério, enquanto resolvíamos os detalhes de nosso casamento. Mamãe passou todo o tempo em que estive rodando mundo a fora numa clínica paga por Rogério que mesmo depois de minha rebeldia se manteve fiel em não abandoná-la. Comprei com ajuda de meu futuro esposo uma ampla casa e meus irmãos com suas famílias foram morar lá, juntamente com nossos pais.

Contratamos enfermeiros para cuidar de mamãe e ali todos passaram a viver em paz. Não esqueci da promessa feita a minha amiga pedinte, lá da praça, e como agradecimento pela ajuda que me deu acolhi a ela e passou a morar com minha família. Tratei dela como uma irmã. Com tudo em perfeita ordem era a hora de pensar mais em mim mesma e juntamente com Paulo anunciamos nossa decisão de unir definitivamente nossas vidas.

O enlace matrimonial ocorreu naquele mesmo ano numa tarde de primavera. Na igreja da Sé e rodeados pelos familiares, amigos e muitas flores cujo perfume trazia encanto ao lugar dizemos o aguardado "sim". Ao trocarmos as alianças a emoção tomou conta dos dois noivos e choramos de emoção, jamais iria esquecer a ternura daquele momento único na minha vida.

Após de tanto sofrimento vivi completamente feliz por vários anos ao lado de Paulo com quem gerei muitos filhos. Perdi mamãe dois anos depois de nascer o primeiro neto, mas papai ainda conheceu o terceiro. Depois da morte de meu esposo, quando já estávamos de cabelos embranquecidos e nossos filhos adultos, nossos netos adolescentes...

Com um patrimônio tão grande que mal dávamos conta de saber tudo o que possuíamos desde que Rogério partiu dessa para melhor e, como já era viúvo e sem filhos, deixou tudo o que tinha para nós, decidi mudar para o Rio de Janeiro e comprei uma área imensa onde construí essa mansão com um espaço enorme, um verdadeiro castelo. E aqui vivo com meus familiares que tanto amo, inclusive a chata da Rosilda que nunca me obedece como gostaria.

Essa é minha história, meu passado e presente, erros e acertos, vitórias e fracassos que fizeram de mim essa mulher madura, experiente e crente nas palavras citadas por Jesus Cristo, que diz: " Tudo é possível para aquele que crê" (Marcos 9:23) Que Deus continue realizando os sonhos de todos que como eu e várias outras pessoas nunca desistirem de lutar e ir em busca de seus ideais.

— Rosilda, cadê você mulher!

— Estou aqui Dona Mercedes, não precisa gritar tanto

— Mas que inferno, vou ficar aqui nesse jardim até quando?

— Estou indo, patroa, estou indo!

Biografia

O autor é brasileiro, solteiro, natural do Estado do Maranhão. Nasceu no ano de 1965 na cidade de Caxias das Aldeias Altas, residindo em Belém do Pará desde 1986. Poeta, Escritor e Teólogo (com Doutorado em Teologia) possui diversas obras publicadas com variados temas, tais como: Poesias, romances, contos e comentários bíblicos. Além do exercício da literatura ainda contribui com artigos em diversos blogs, revistas e nas redes sociais. **"Rejeição"**, corresponde a sua 14 obra literária.

Contatos

E-mail:

autorabdenal@gmail.com

drabdenal@gmail.com

pastorabdenal@gmail.com

Redes Sociais:

Twitter: https://twitter.com/EscritorAbdenal

Facebook: https://facebook.com/PrAbdenal

https://facebook.com/EscritorAbdenal

CPSIA information can be obtained
at www.ICGtesting.com
Printed in the USA
BVHW042059250819
556757BV00005B/229/P